Folke Tegetthoff

Neue Kräutermärchen

Folke Tegetthoff

Neue Kräutermärchen

nymphenburger

Der Autor

Folke Tegetthoff wurde 1954 in Graz geboren. 1979 erschien sein erstes Buch, dem bis heute 30 weitere Bücher folgten. Er hat als Märchenerzähler mit über viertausend Gastspielen siebenunddreißig Länder auf allen Kontinenten besucht und ist Initiator und Organisator des weltgrößten Erzählkunstfestivals »GRAZERZÄHLT« (www.tegetthoff.at). 1986 wurde an der Murray State University (Kentucky) die »Folke Tegetthoff Collection«, ein offizielles Archiv seiner Arbeit, eröffnet.

1994 erhielt er den Internationalen Lego-Preis für seine weltweite Tätigkeit als Wegbereiter einer neuen Erzählkunst und für sein Engagement um die Wiederbelebung des Märchens. Neben Astrid Lindgren ist Folke Tegetthoff bis heute der einzige Autor, dem diese Ehrung zuteil wurde. Er lebt mit seiner Frau und seinen Kindern in einem ehemaligen Kloster in der Südsteiermark.

MIX
Papier aus verantwortungsvollen Quellen
FSC® C014496
FSC www.fsc.org

www.nymphenburger-verlag.de

8. Auflage 2012

Umschlaggestaltung: Wolfgang Heinzel
Illustrationen: Cordula Utermöhlen, Aschheim
Satz: Ina Hesse in 11,5/14 pt. Diotima BQ
Druck und Binden: GGP Media GmbH, Pößneck
Printed in Germany
ISBN 978-3-485-01052-8

Inhalt

Für Astrid, der ich meine Liebe
zu Kräutern zu verdanken habe ...

Beifuß

Es war einmal ein Vater, der hatte zwei Söhne. Nicht dass ihr glaubt, das Märchen hätte ihm einen dritten vorenthalten – aber der war betrunken zu schnell in die Kurve geritten und hatte sich den Hals gebrochen.
Übrig blieben also zwei Söhne und die stritten sich brav ums Erbe. Ihr Vater, ein gerechter Mann, der sich ein hübsches Kistchen Geld zusammengerafft hatte, las in einem Märchenbuch von drei praktischen Aufgaben, die zu

lösen waren, um den besten Erben zu ermitteln – das gefiel ihm!
Er setzte sich hin und überlegte. Langsam schlich der Gedanke in seinen Kopf, dass er den Klotz, den älteren, eigentlich dem Klei vorziehe. Klotz war ihm ähnlich, hatte seine Beine in die Erde geschlagen und war der, der die Münzen auf der Straße fand.
Klei, der Mutter ähnlich, saß auf Bäumen und konnte jeden Vogel beim Namen nennen.
»Ich werde euch drei Aufgaben stellen«, sagte der Vater eines Tages und die Mutter legte den Kochlöffel zur Seite und hörte still zu. »Wer sie am besten löst, soll erben, was ich besitze, der andere aber soll fortziehen, um zu lernen, wie man es besser macht.«

Der Mond spazierte mit aufgeblähtem, fast kreisrundem Bauch durch den Sternenpark und goss Kübel voll Silber auf die Erde – als die Mutter den schmalen Weg zum Wald ging, sich da und dort bückte und ein Kraut schnitt, bis sie ein großes Bündel davon hatte.
Am nächsten Morgen, bevor der Vater erwachte, schlich sie zu den Söhnen. Zuerst zu Klotz, weckte ihn und sagte: »Lieber Sohn, hier bringe ich dir meinen Goldschatz. Trage ihn immer an deinem Gürtel, er wird dich vor allem Unglück beschützen.«

Gute Mutter, dachte Klotz, wie soll mir deine Blume wohl zum Sieg verhelfen?
Dann trug sie ein Bündel zu Klei: »Wenn du die Zeichen des Krautes liest, wird es alles Unglück von dir nehmen.«
Klei küsste seine Mutter und steckte sich die Pflanze in den Gürtel.
Es war der Beifuß, den die Mutter geschnitten hatte.
»Klotz, Klei«, rief der Vater, »hört die erste Aufgabe, die ich euch stelle. Ihr sollt einen Zaun ziehen um diese Wiese dort. Nur wer sein Reich zu schützen weiß, wird der Stärkere bleiben.«

»Das ist eine einfache Aufgabe«, lachte Klotz und zog mit der Axt in den Wald.
»Warte«, rief ihm die Mutter nach, »denk an den Beifuß und seinen Bruder, den Mond.«
»Ich koch die Suppe, wenn ich zu Hause bin«, lachte Klotz und fand die Mutter sehr einfältig.
»Denk an den Beifuß und seinen Bruder, den Mond«, sagte sie auch zu Klei.
Vom Wald hörte man schon die ersten Bäume fallen, während Klei in seinem Baum saß und nachdenklich das Kraut der Mutter in den Händen hielt.
»Wie ich es mir dachte«, sagte der Vater zur Mutter. »Klotz arbeitet im Wald, um das Holz für den Zaun einzubringen, und Klei sitzt im Baum

und träumt.« Und die Mutter saß still am Tisch und lächelte.
Der Vater ging in den Wald und brachte Klotz die neue, gute Axt und klopfte ihm auf die Schulter.
Die Mutter ging zu Klei und sagte: »Geh du ins Holz, wenn der Mond sein Gesicht verliert.«

Nach drei Wochen hatte Klotz alle Pfähle fertig gestellt und begann mit dem Bau des Zaunes. Klei streifte durch die Wälder und suchte sich die richtigen Bäume aus. Drei Tage bevor der Mond das letzte Viertel hob, ging auch Klei in den Wald. Sein erster Schlag ertönte gleichzeitig mit dem letzten Schlag, mit dem Klotz die Arbeit an seinem Zaun beendete.
»Die erste Aufgabe hast du gut gelöst«, sagte der Vater stolz, »so wie ich es auch getan hätte.«
»Ich hätte nicht auf dich hören sollen«, beschwerte sich Klei bei der Mutter.
»Nur Geduld, die Sterne zählt man nicht in einer Nacht. Lass dein Holz bis zum Frühling liegen, dann setze deinen Zaun.«

»Ich will euch nun die zweite Aufgabe stellen. Hört: Ihr sollt auf euer Stück Land Pflanzen setzen, die euren Besitz vermehren. Denn wer viel sät, wird viel ernten.«
»Das ist eine einfache Aufgabe«, lachte Klotz,

borgte vom Vater Geld und Wagen und holte sich am Wochenmarkt in der Stadt junge Obstbäume.
Kurz vor Mittag eines Junitages hatte er seine Bäume schon eingepflanzt. Und es fehlten noch sieben Tage zum vollen Mond.
Klei saß in seinem Baum und dachte: Wenn ich jetzt nicht rasch handle, ist das Erbe fort. Da kam die Mutter zu ihm und sagte: »Was grübelst du? Die Lösung des Rätsels steckt in deinem Gürtel.«
»Das Kraut?«, fragte Klei ungläubig. »Du meinst, ich soll das billige Kraut, den Beifuß pflanzen?«
»Ja, sammle im Herbst die Samen und setze sie im März – drei Tage nach dem neuen Mond.«
»Aber Mutter, dann ist das Erbe fort. Klotz hat seinen Zaun gesetzt und die Bäume gepflanzt. Und ich habe Holzstapel gebaut und soll auf Samen warten ...«
»Habe Geduld. Die Saat braucht viele Monde bis zur wahren Ernte.«

»Du willst mich wohl auf den Arm nehmen«, schimpfte der Vater. »Klotz hat alle seine Aufgaben erfüllt und wird bald reiche Ernte haben. Und du hast nicht einmal damit begonnen!«
Zuerst wollte der Vater auf die dritte Aufgabe verzichten, denn die beiden ersten hatten ja ge-

zeigt, wer der zukünftige Herr des Hofes sein würde. Doch wollte er nicht ungerecht sein und Klei noch eine Chance geben, sich zu bewähren. »Hört: Bringt mir meinen Lieblingstabak aus der fernen Stadt. Wer ihn mir zuerst in die Pfeife stopft, soll mein Erbe sein. Denn wer schnell zu Fuß ist, der ist auch schnell mit dem Hirn!«
Klotz wurde in die eine Richtung geschickt, Klei in die andere. Der Vater lieh dem einen seine besten Schuhe, die Mutter legte dem anderen Beifuß in die Stiefel.
Nach zwei Tagen schnellen Schrittes konnte Klotz nicht mehr weiter. Seine Füße waren voller Blasen, und er hatte alle Lust verloren, wegen Pfeifentabak seine Füße kaputtzulaufen. »He, Reiter«, hielt er einen zu Pferd an. »Wollt Ihr mir helfen, reich zu werden? Ihr sollt es nicht bereuen. Leiht mir Euer Pferd für einen Tag.«
Gesagt, getan – Klotz ritt in wildem Galopp in die Stadt, kaufte den Tabak und brachte das Pferd im nächsten Morgengrauen seinem Besitzer zurück. Zwei Tage später füllte er dem Vater die Pfeife.
»Unglaublich«, meinte der Vater stolz, »fast zu schnell. Ging da wohl alles mit rechten Dingen zu?«
»Wie kannst du an meiner Ehrlichkeit zweifeln?«, erwiderte Klotz und zeigte seine Füße, die mit Blasen übersät waren.

»So hast du dich geschunden für deinen Vater! Du bist mein würdiger Nachfolger.«
Vier Tage später kam Klei mit dem Tabak zurück. »Zeig deine Fußsohlen«, befahl der Vater. »Keine Blase, nichts. Kein Wunder. Wahrscheinlich hast du im nächsten Dorf gewartet, bis ein Händler vorbeikam, dem du den Tabak abkaufen konntest. Du bist ein Tunichtgut und verdienst mein Erbe nicht. Wenn der Frühling kommt, zieh in die Welt und rechne nicht mehr mit meiner Hilfe.«

Als der Frühling kam, zog Klei los. Vorher aber setzte er, wie die Mutter ihm geraten hatte, den Zaun und streute die Samen des Beifußes aus. »Nütze die Jahre draußen in der Welt, wenn du wiederkommst, wirst du ernten können«, sagte die Mutter und küsste ihren Sohn.

Sieben Jahre zog Klei durch die ganze Welt, bis er eines Tages wieder vor seinem Haus in der Heimat stand. Noch bevor er die Eltern und den Bruder erblickte, sah er Seltsames: Der Zaun seines Bruders war völlig vermorscht, kein einziger Pfosten stand mehr gerade. Sein Zaun hingegen war so fest wie am Tag, als er ihn gebaut hatte. Die Obstbäume seines Bruders waren verdorrt, nur einer trug ein paar Äpfel und die waren runzelig und wurmstichig.

Was aber war aus seinem Beifuß geworden! Ein riesiges Feld mit gelben Blütenköpfen und Männer und Frauen standen darin mit Körben und ernteten.

»Alles ist meine Schuld«, sagte der Vater, als er seinen Sohn in die Arme nahm. »Die Sterne zählt man nicht in einer Nacht!«
Und die Mutter saß still in der Ecke und hielt in ihren Händen das Kraut der Göttin des Mondes, den Beifuß.

Der Beifuß

hat viele Volksnamen – von zweien möchte ich dir erzählen: Gänsekraut, weil man ihn zum Würzen und Füllen von Gänsen verwendet; und Sonnwendkraut. Das Tanzen um ein Sonnwendfeuer (Ende Juni zur Sommersonnenwende) war ein typisch heidnischer Brauch. Dabei trugen die Leute Beifuß im Gürtel und warfen ihn nach dem Tanz in das heilige Feuer – mit ihm sollte jedes drohende Unglück verbrennen.

Beifuß wächst an Wegrändern, Geröllhalden, an Zäunen und Ufern und gilt heute, sehr zu Unrecht, fast als Unkraut.
Verwendet werden die Zweigspitzen.

Beifuß schmeckt etwas bitter, aber sehr würzig.

Er wirkt blutreinigend, krampflösend und, auf Wunden aufgelegt, lindernd. (Die alten Römer hatten den Beifuß auf ihren langen Märschen in den Sandalen!)

Hast du das schon einmal gehört: Wenn du dir etwas vornimmst, eine wichtige Sache auf dich wartet, beginne damit nach Neumond, dann läuft zwei Wochen lang alles wie am Schnürchen – sagt der Alraun, und der muss es ja wissen!

Beinwell

An einer Stelle des Gartens trafen sich drei Wiesenstücke, die waren sehr verschieden voneinander. Auf dem einen wuchsen prächtige Rosen und Lilien, das andere war die Heimat der Kräuter und das dritte Stück war gewöhnliche Wiese mit Gänseblümchen, Löwenzahn und Butterblumen.
Von Erde, Sonne, Mond, den Sternen und dem Regen wurden sie alle gleich behandelt. Nur die Menschen gaben ihnen das Gefühl, sich zu un-

terscheiden. Wenn die Mutter in den Garten kam, führte ihr Weg immer zuerst zu den Rosen. Sie wurden gehegt und gepflegt, geschnitten und gedüngt und überschwänglich bewundert. Manchmal wurden sogar Gäste vor den großen, blühenden Rosenstock geführt, die »ah« und »oh« ausstießen und ihre Finger über die Blätter streichen ließen. Kein Wunder, dass die Rosen mit der Zeit eingebildet und überheblich wurden.

Zur Kräuterecke kam die Mutter immer eilig. Die Elfen konnten gerade noch die Flucht ergreifen, dann blitzte auch schon die Schere in der Sonne und Blätter und Stängel wurden abgeschnitten. Die Kräuter wurden gebraucht, aber nicht geliebt wie ihre Nachbarn, die Blumen.

Am schlimmsten aber erging es den Wiesenblumen. Sie wuchsen ohne Pflege, ohne Liebe heran, wurden nicht einmal gebraucht. Alle paar Wochen kam die Sense und schnitt sie ab. Die Beziehung zwischen Rose, Beinwell und Löwenzahn verlief nicht gerade harmonisch. Die Rose beachtete die anderen kaum und wenn, machte sie sich über die niedrige Herkunft der anderen nur lustig. Der Beinwell fand wiederum den Löwenzahn sehr armselig, war stolz auf seine Heilkräfte und seine großen, starken Wurzeln. Die Rose nannte er dumm und eingebildet. Der Löwenzahn ärgerte die Schöne und den Ge-

sunden, wo er nur konnte – er tat es wohl, weil er sich minderwertig vorkam.
Dieser Zustand änderte sich schlagartig, als eines Tages nicht zwei große, feste Füße die Erde erschütterten, sondern zwei kleine, zarte: ein kleiner Bub kam in den Garten gelaufen.
»Blüten, stillgestanden«, kommandierte die Rose, denn für sie stand fest, dass das Kind zu ihr gelaufen kam, sie zu bewundern.
»Erst ein Kind und kennt doch schon die Schönheit!«, rief sie entzückt.
»Unsinn!«, brummte der Beinwell. »Sieh dir sein blutendes Knie an. Ein kluges Kerlchen, weiß schon, wohin er zu gehen hat!«
Noch bevor sich der Löwenzahn eine bissige Bemerkung einfallen lassen konnte, lag das Kind schon bei ihm auf der Wiese und schaute die zarte weiße Kugel mit großen Augen an.
»Doch kein Geschmack!«, rümpfte die Rose ihre Stacheln.
»Und noch dumm«, lachte der Beinwell ärgerlich.
»He, Pusteblume, möchtest du fliegen?« Der Löwenzahn war ganz aufgeregt, noch nie hatte jemand mit ihm gesprochen – bisher war immer nur auf ihm herumgetrampelt worden. Er richtete seine Kugel voll kleiner Fallschirme auf und rief: »Oh, ich bitte sogar darum. Ich reise gern!«

»Pah, reise gern!«, ätzten die Rose und der Beinwell.
Das Kind riss so vorsichtig den Stängel von der Wurzel, dass es der Löwenzahn kaum spürte, und dann pustete es, so stark es konnte, die Härchen in die Luft. Der Wind nahm die Flieger unter seinen Schutz und trug sie weit fort.
Von diesem Tag an kam das Kind jeden Tag, und abwechselnd ließ es den Löwenzahn fliegen oder flocht aus den Gänseblümchen solch hübsche Blumenkränze, dass die Rose ganz neidisch wurde. Nur die aufmunternden Worte der Mutter ließen sie vor Kummer nicht verwelken.
Die Schritte des Kindes wurden im Laufe der Jahre immer schwerer und dann kam eine Zeit, wo es sich nur noch selten im Garten blicken ließ. »Ich wusste es ja«, sagte der Beinwell zur Rose, »bald wird der Junge zu mir kommen – er wird ja sicher mal klüger.«
»Das allerdings glaube ich nicht, verehrter Beinwell«, antwortete die Rose. »Seine Mutter wird ihm von mir erzählen. Bald werde ich seine Nase spüren, die meinen Duft einzieht.« Der Löwenzahn und alle anderen auf der Wiese ließen sich auf solche Gespräche nicht mehr ein. Sie waren glücklich und träumten von ihren unzähligen Geschwistern, die von ihrer Wiese aus die Reise in die weite Welt angetreten hatten und damit für immer mit ihnen verbunden waren.

Fast hätten die Rose und der Beinwell das Kind vergessen, als eines Tages noch schwerere Schritte als die der Mutter durch den Garten liefen. Die beiden waren so überrascht, dass sie sich gerade noch von ihrem Sonnenbad aufrichten konnten. »Er läuft so, wie seine Mutter immer läuft, wenn sie zu mir kommt!«, rief der Beinwell triumphierend.
»Es sieht fast so aus«, seufzte die Rose, die die blitzende Schere in seiner Hand entdeckt hatte. Und die war für das gemeine Kraut bestimmt. Doch der junge Mann kniete vor dem Rosenstock nieder und ... »HALT, du darfst mich nicht ...«, schrie die Rose entsetzt auf, aber der Mensch hörte nicht – er hätte in diesem Augenblick nicht einmal die Stimme eines Menschen gehört. »Sie liebt mich!« Schnipp! »Sie liebt mich!« Schnapp! Und so ging das, bis keine einzige Rose mehr am Stock übrig war. »Du schönste Rose, du wirst ihr erzählen, wie sehr ich sie liebe!«, rief der junge Mann und eilte so schnell davon, dass sich der Beinwell und der Löwenzahn von der Nachbarin gar nicht verabschieden konnten.
Eine seltsame Zeit brach an: Niemand ließ sich im Garten blicken. Keine Mutter, die neue Rosen oder Lilien gepflanzt, niemand, der ein Kraut gebraucht hätte, auch die Sense blieb aus. Es schien, als wäre der Garten vergessen worden. Nun gab es keine Hand, die eines der Gewäch-

se bevorzugte, keine Worte, die eines besonders hervorhoben. Der Beinwell, der Älteste, erinnerte sich an die Rose, die längst zu Erde geworden war, an den einfachen Löwenzahn, dessen Fallschirme irgendwo eine neue Heimat gefunden hatten.

»Für wen habe ich all die Jahre meine Kräfte gespeichert?«, klagte der Beinwell. »Das Kind spielte mit dem Löwenzahn, der Jüngling schenkte die Rose. Und mich haben sie vergessen ...«

Plötzlich spürte der Beinwell schnelle, schwere Schritte. So war doch die Mutter immer gelaufen, wenn sie ihn zum Kochen oder für eine Salbe gebraucht hatte.

»Wo ist nur der Beinwell?«, hörte er ihre Stimme rufen. »Hoffentlich wächst er noch in dieser Wildnis. Wo ist er denn? Ich brauche ihn doch so dringend!« Sie bog hastig das Gras und all das Unkraut zur Seite, bis sie ihn endlich fand. »Dem Himmel sei Dank!«, rief sie und zum ersten Mal, seit sein Same in die Erde gefallen war, sprach jemand zu ihm: »Beinwell, ich flehe dich an, nimm all deine Kraft mit ins Haus. Du musst meinen Sohn heilen, den sie mir mit furchtbaren Wunden aus dem Krieg gebracht haben. Du bist meine letzte Hoffnung!«

Dann riss sie alle Blätter und Wurzeln, die sie finden konnte, aus der Erde.

Der Beinwell

Man nennt ihn auch Schmerzwurz, weil er zur Wund- und Knochenheilung beiträgt. Den Namen Eselohrwurz bekam der Beinwell durch sein Aussehen.

Er wächst wild auf feuchten Wiesen, an Bachufern, in Gräben und im Gebüsch.

Verwendet werden die jungen Blätter (Ernte im Mai) und die Wurzeln (werden im Herbst herausgestochen).

Beinwell schmeckt wie Spinat (herrlich!).

Trocknet man die Wurzel, zerreibt sie und macht einen Brei daraus, heilt der Beinwell Quetschungen, Brüche, Blutergüsse und wunde Stellen. Gleichzeitig kann man auch einen Tee aus den Blättern trinken, so hilft der Beinwell von innen und von außen!

Da fällt mir noch ein: Bei abnehmendem Mond fällt das Wasser. Pflanzen, Hölzer, alles, was viel Wasser in sich trägt, wird trockener. Alles pflanzliche Absterben wird beschleunigt.

Eberraute

Als der Zottel gefangen wurde, herrschte die größte Aufregung im Dorf seit Menschengedenken. Klar, ihr wundert euch nicht, ihr kennt ja das gute Tier, aber die Sankt Johanner hatten nie davon gehört und dachten, den Leibhaftigen selbst gefangen zu haben. Die langen Zotteln, der Körper wie ein Wildschwein und dazu dieser eigenartige Höcker auf dem Rücken wie ein Kamel – sein Anblick war schon zum Fürchten!

Die Kinder kreischten, die Frauen fielen in Ohnmacht und die Männer hielten Rat. Nach ein paar Tagen bemerkte man, dass das Vieh auf der einen Seite seine Zotteln verlor. Noch war nicht klar, ob es sich um vorn oder hinten handelte, ob das Gesicht oder das Hinterteil zum Vorschein kommen würde. Doch bald wurde eine Nasenspitze sichtbar, dann blitzte auch ein Kinn hervor.

Am siebten Tag nach Ausfall der ersten Zotteln fand man den Förster, der jeden Morgen nach dem Tier Nachschau hielt, leblos am Boden vor dem Käfig liegen. Als er erwachte, stammelte er immer wieder: »Mein Gesicht, mein Gesicht!«

Die Leute verstanden nicht, begriffen nur, dass es etwas mit dem Zottel zu tun haben musste. Sie öffneten den Schuppen und piekten das Vieh so lange mit einer Stange, bis es sich umdrehte. Da wären auch sie fast in Ohnmacht gefallen: Der Zottel hatte im Gesicht alle Haare verloren und … es war zu unglaublich … er trug das Gesicht des Försters, sah aus wie sein Zwillingsbruder!

Die Männer eilten an das Krankenlager zurück, um sich zu vergewissern, dass sie sich nicht geirrt hatten – nein, dort lag noch immer der Förster und sah aus wie immer, nur dass einige Meter entfernt in einem Schuppen ein Tier saß, das ihm wie aus dem Gesicht geschnitten war …

Bald standen alle Sankt Johanner beisammen. »Ihr seid wahrscheinlich betrunken«, sagten die neu Dazugekommenen. »Wir werden selbst nachsehen.«
Was war denn das? Nun hatte der Zottel ein Gesicht, das sich aus allen Gesichtern, die vorhin bei ihm waren, zusammensetzte. So wechselten seine Züge, die Augen, die Nase, Falten und Kinn, je nachdem, wer ihm gerade in die Augen blickte.
Was die Sankt Johanner nicht wussten, weißt ja du: Das Gesicht des Zottels ist ein Spiegel, der das wahre Gesicht zeigt. Sperrt man ihn ein, verliert er die Zotteln, die diesen Spiegel verbergen.

Nun wollten die Leute aus dem Dorf dieses schreckliche Tier so schnell als möglich wieder loswerden, was verständlich war – wer schaut schon gern in einen solchen Spiegel? Aber wie sollten sie das anstellen – keiner wollte mehr den Schuppen betreten, in dem sie den Zottel gefangen hielten. »Die Krautbratz!«, rief plötzlich einer. »Die soll das Viech verschwinden lassen!«
Die Krautbratz war ein altes Weibl, das vom ganzen Dorf seit jeher verachtet wurde. Manche meinten, sie sei eine Hexe, weil sie über Kräuter und viele andere Geheimnisse Bescheid wusste. »Da schlagen wir zwei Fliegen mit einer Klappe«, sagte einer. »Wir werden sehen, was sich im Ge-

sicht zeigt, ob sie wirklich eine Hexe ist. Und zweitens wird sie uns das grausige Tier vom Hals schaffen, weil sie sowieso viel zu dumm ist, um irgendetwas zu verstehen.«

Der Bürgermeister und der Pfarrer marschierten zur Bretterbude im Wald, wo die Alte wohnte, und riefen scheinheilig: »Krautbratz, wir wollen dir ein Geschenk machen, weil wir doch so lange schlecht zu dir gewesen sind.«

In ihrer Gutmütigkeit dachte das alte Weibl wirklich, dass nun der Tag der Vergebung gekommen wäre, und ging bereitwillig zum Schuppen mit.

Vorsichtig öffneten sie die Tür und da lag der Zottel mit dem Gesicht des Fleischhauers – so abscheulich, dass einem Hören und Sehen verging.

Der Pfarrer schob das Weibl hinein, bekreuzigte sich und schloss schnell die Tür. Nichts rührte sich, kein Laut war zu hören. Zehn Minuten, dreißig Minuten, zwei Stunden waren vorüber – nichts.

»Sie wird vor Schreck über ihr Gesicht gestorben sein«, murmelten einige. Da ging plötzlich die Tür auf und die Krautbratz trat heraus. Schnell schauten die Leute in den Schuppen, wo der Zottel seelenruhig stand: Er trug ein wunderbares, junges Gesicht, schöner als irgendetwas, was die Leute je zuvor gesehen hatten.

»Ich gehe nur schnell nach Hause und hol dem armen Zottel was zu fressen«, krächzte die Krautbratz und schlurfte an der fassungslosen Menge vorüber. Wenig später kam sie zurück, trug einen Korb mit Kräutern bei sich und verschwand wieder im Schuppen. Eine Stunde verging, noch eine, es wurde finster und ins schwarze Leintuch schnitt der Mond ein ordentliches Loch. Mit den ersten Sonnenstrahlen rührte sich etwas, langsam öffnete sich das Tor, und heraus trat das Kräuterweibl und neben ihr trottete der Zottel.
»Die Zotteln!«, raunte die Menge – vorn und hinten, oben und unten war wieder alles mit dichten Zotteln bedeckt und kein Gesicht mehr zu sehen.
Die Sankt Johanner schauten den beiden nach, bis sie im Wald verschwunden waren.
Das war das letzte Mal, dass man den Zottel in Sankt Johann gesehen hatte, und auch die Krautbratz blieb von diesem Tag an verschwunden.

Neben dem Käfig fand man ein paar Stängel und graugrüne Blätter. Der Dorflehrer holte ein Buch und sagte, nachdem er lang darin geblättert hatte, dass es sich nur um die Eberraute handeln könnte. Die Leute im Dorf nannten das Kraut seit diesem Erlebnis mit dem Zottel aber nur noch Gesichtskraut. Und obwohl sie sich davon jeden Tag einen Tee brühten, kehrten ihre unschuldigen Gesichter nie mehr zurück.

Die Eberraute

ist ein altes Heilkraut – leider wird es nur noch von den letzten »Kräuterhexen« als solches gebraucht. Früher, als der Glaube stärker als manche Medizin war, legte man zum Beispiel Kleinkindern Zweige der Eberraute unter das Kopfkissen, um ihren Schlaf zu beschützen. Alte Frauen steckten sich einen Zweig an ihr Sonntagskleid, um die lange Predigt heil überstehen zu können – der starke Zitronengeruch der Eberraute hielt sie munter!

Die Eberraute kam aus Asien und Südeuropa zu uns. Sie liebt sonnige und windgeschützte Plätzchen.

Verwendet werden die Blätter samt den Zweigen (Ernte während des ganzen Sommers).

Es bleibt ein bitterer Nachgeschmack. Dafür duftet sie herrlich frisch zitronig!

Dadurch, dass die Eberraute heute ihre Bedeutung in der Volksmedizin verloren hat (appetitanregend, stimulierend), bleiben nur alte Weisheiten übrig: »Willst du schönes Barthaar, nimm zwei Hand voll frische Eberraute, ein wenig Honig, ein wenig Wasser, mischen, über Feuer kochen, den Bart bestreichen, einreiben und du gewinnst schönstes Barthaar!«

Hagebutte

Versteckt hinter hohen Bäumen, lag ein altes Landhaus. Am Zaun entlang wuchsen Büsche, ein Hollerbaum und ein großer Rosenstrauch. Gleich daneben hatte sich auch eine Heckenrose niedergelassen.
Die Zierrose war ein hochmütiges Geschöpf, stand kerzengerade in ihrem Beet und blickte voll Verachtung auf alle anderen herab.
Ihre Nachbarin, die Heckenrose, war ihr ein besonderer Dorn in der Blüte: Sie empfand es

als Unverschämtheit, dass dieser gewöhnliche Strauch denselben Namen trug wie sie. Wenn sie überhaupt mit ihrer Verwandten sprach, dann nur darüber, wie begehrt sie selbst sei und dass sicherlich höhere Aufgaben auf sie warteten.
Die Heckenrose spürte dieselbe Sonne, hörte dieselben Vogelstimmen und trank von demselben Regen. Sie konnte die Überheblichkeit der Rose nicht verstehen und versuchte oft mit ihr ins Gespräch zu kommen.
»Verzeihen Sie, aber ich habe zu tun.« Und damit war die Unterhaltung beendet.

Eines Tages zog eine Familie mit einem kleinen Kind in das Landhaus.
»Sieh nur, was für schöne Rosen!«, rief eine Frauenstimme und kam näher. »Du darfst dir eine Rose mit ins Haus nehmen.« Ein Kind trat an den Strauch heran und schnitt eine Blüte ab. »Oh, du armes Ding«, schrie die Heckenrose auf, »wie kann ich dir nur helfen!« – »Wieso arm, wieso helfen?«, wehrte die Rose ab und ertrug stolz den Schmerz. »Ich blühe nur zu gern im Haus. Brauche mich mit keinem Regen mehr abzugeben, sondern bekomme sogar eigenes Wasser. Muss nicht mehr mit dem Wind kämpfen, sondern brauche nur noch zu duften. Ein herrliches Leben, adieu!« Von nun an kam

das Kind oft in diese Ecke des Gartens, stand vor dem Rosenstrauch, spielte mit den Blättern und Dornen und schnitt manchmal auch eine der roten Rosen ab.
Die Heckenrose mit ihren hellroten Blüten beachtete es gar nicht.
Der Sommer wartete schon auf das Eintreffen des Herbstes. Der Rosenstrauch trug nur noch einzelne Blüten, die Heckenrose hatte sich mit Hagebutten kräftig rot geschminkt.
»Sehr aufdringlich sind Ihre roten Früchte«, schimpfte die Rose. »Sie glauben wohl, damit Aufmerksamkeit zu erregen! Pah! Ich freue mich schon auf das warme Haus. Mir wird es langsam zu kalt hier draußen. Bald wird das Menschenkind kommen, mich zu holen.«
Aber das Menschenkind kam nicht.
Die Herbststürme brachten Regen und Donner.
»Ich hoffe, sie kommen bald, lange kann ich meine Schönheit nicht mehr für sie bewahren.«
Nur noch eine einzelne Rose streckte der Strauch dem Wetter entgegen. Mit schon schwacher Stimme sagte die Blüte: »Der Mensch wird wohl warten, bis nichts mehr blüht, um mich ganz für sich zu haben.« Dabei vermied sie es, einen Blick zur Seite zu werfen, wo die Heckenrose, über und über mit Hagebutten geschmückt, stand.
»Ja, ich hoffe auch, dass man dich bald holt«,

sagte die Heckenrose, denn ihre stolze Nachbarin tat ihr Leid.
Aber das Kind kam nicht.
Dafür kamen die ersten Schneeflocken. »Früh in diesem Jahr«, wisperte die Rose, die nur mit allerletzter Anstrengung ihre Blütenblätter zusammenhielt. »Aber ich weiß ja, wofür ich kämpfe.«
Da waren Schritte zu hören. Die Frau kam. »Ich habe es ja gewusst, sie kommt mich holen!«, rief die Rose und richtete sich auf. Und ... wurde noch einmal schön!
»Wie seltsam«, sagte die Frau und nahm den dunkelroten Rosenkopf in ihre Hand. »Eine Rose um diese Zeit?« Dann ließ sie den Kopf los und wandte sich zur Heckenrose.
»Mein armes Kind«, sagte sie, während sie die Hagebutten einsammelte, »mein armes Kind ist krank. Du musst mir helfen, damit es wieder zu Kräften kommt.« Und sie trug die reifen, roten Früchte ins Haus und bereitete ihrem Kind einen kräftigen Tee. Als sie aus dem Fenster schaute, um die letzte Rose zu bewundern, sah sie, dass sie verwelkt war ...

Die Hagebutte

nennt man auch Hundsrose, weil die Römer davon überzeugt waren, sie könnte den Biss tollwütiger Hunde heilen.

Hagebutte wächst wild an Waldrändern, Hecken und in Gebüschen.

Verwendet werden die leuchtend roten, reifen Scheinfrüchte, die in ihrem Inneren Borstenhaare (die sich herrlich als Juckpulver verwenden lassen…) und Nüsschen (das sind steinharte, kleine Früchte) tragen. Man verarbeitet die Scheinfrüchte mit oder ohne Nüsschen oder auch nur die Nüsschen allein. Reife: im Herbst. Die Blätter und Blüten haben ihre stärkste Kraft ab Juni.

Du hast sicher schon einmal Hagebuttentee getrunken: erfrischend und leicht säuerlich.

Die Hagebutte erhöht die Abwehrkräfte und erquickt Fieberkranke durch ihren hohen Gehalt an Vitamin C. Frisch vom Strauch gepflückte und roh gegessene Hagebutten sollen den Bandwurm vertreiben – ich habe es noch nicht ausprobiert. Der Tee von Blättern und Blüten ist blutreinigend. Und eine Hagebuttenmarmelade (auch gemischt mit anderen Früchten) ist eine herrliche Speise.

Achtung! Gute Nachricht für Beatles und angehende Glatzköpfe: Schneidet man die Haare am Beginn des zunehmenden Mondes (also knapp nach Neumond), wächst das Haar schneller und vor allem dichter!

Huflattich

Der für Kräuter zuständige Engel, Herbario, saß in seinem Wolkenlabor und kramte zwischen Blättern, Blüten und Samen. Heute Morgen war er mit einem schrecklichen Husten aufgewacht. Einem Husten, der ganz hinten sitzt und sein Vergnügen darin findet, den Hals zu kitzeln. In seinem Ärger fand Herbario aber nicht gleich die richtige Pflanze, roch da, kostete dort, aber nichts wollte den Husten beruhigen. »Wird Zeit, dass der Frühling kommt, damit

ich wieder Ordnung hier herein bekomme«, brummte der Engel.
Die Samen probten schon ihren Auftritt, einzelne Blätter hatten sich schon ein Blüten-Make-up aufgelegt. Aber nichts fand sich gegen diesen gemeinen Husten!
Im hintersten Winkel entdeckte der Engel einen Topf mit herrlich goldgelben Blüten.
»Wer seid ihr denn?«, fragte er und griff nach dem Behälter. Da geschah das Unglück! Ein Unglück, das dem Kräuterengel Herbario in seiner tausendjährigen Dienstzeit noch nie passiert war: Irgendwie rutschte der Topf aus seiner Hand, fiel von der Wolke und unendlich viele kleine, gelbe Blüten regneten auf die Erde.
»Um Himmels willen!«, schrie Herbario entsetzt auf. »Und das im Februar!«

Die Sonne hatte in das weiße Leintuch des Winters schon viele grüne Flecken gemalt. An so einem Sonnentag durfte das Fohlen zum ersten Mal allein auf die Weide. Nachdem es den wilden Galopp ausprobiert, sich auf der weichen, schon warmen Erde gewälzt hatte, legte es sich hin, um ein bisschen zu verschnaufen. Plötzlich glaubte es zu träumen: Es regnete kleine Sonnen! Und es hörte gar nicht mehr auf. Immer mehr Blüten fielen vom Himmel – wie gelber Schnee!

In kindlicher Angst meinte das Fohlen, es wäre zu wild gewesen und hätte die Sonne gestört, die nach ihrer langen Winterruhe ja noch ganz schläfrig war. Also begann es hastig, alle Blüten aufzufressen! Fraß, fraß, bis es ganz dick war und sich kaum noch rühren konnte.
Am nächsten Tag hatte das Fohlen die ganze grüne Weide gelb gedüngt …
Oben, auf seiner Wolke, lag Herbario und sah durch sein Fernglas, was für eine Bescherung er mit Hilfe des jungen Pferdes auf der Erde angerichtet hatte.
»Gelbe Blüten im Februar!«, stöhnte er. »Wenn das Gott erfährt, na dann Prost!« Nun war ja nichts mehr dagegen zu machen. Da erst entdeckte Herbario, dass dort auf der Weide ja Blüten ohne Blätter blühten. »Auch das noch«, rief er und schlug sich auf die engelische Stirn. Schnell suchte er nach geeigneten Blättern, aber alle Formen waren schon an andere Pflanzen vergeben. In seiner Verzweiflung und in der Hoffnung auf ein Wunder leerte er einfach den Topf mit der Aufschrift »Blattgrün« auf die Erde. »Wahrscheinlich bin ich meinen Job sowieso los!«, murmelte er und legte sich hinters Fernrohr, um zu beobachten, was nun passierte.
Das Fohlen lag auf der gelb gesprenkelten Wiese und getraute sich kaum, eine Bewegung zu machen. Es dachte immer noch, es sei seine

Schuld gewesen, dass die kleinen Sonnen auf die Weide gefallen waren und jetzt alles voller gelber Blütentupfen war. So kann man sich vorstellen, wie das Fohlen in Panik geriet, als plötzlich auch noch ein grüner Regen auf sein Fell herabprasselte! Es sprang auf und galoppierte und trampelte auf der grünen Masse herum, als wollte es alles in die Erde stampfen. Als es vor Erschöpfung zu Boden sank, bemerkte es, dass sich durch seine Tritte unzählige Blätter geformt hatten.

»Na ja, nicht besonders originell, aber besser als gar nichts«, sagte sich Herbario, »gelbe Blüten im Februar und Blätter, die aussehen wie Fohlenhufe …«

»Herbario!«, rief es plötzlich durch den Himmelssaal.

»Oh, mein Gott!«, Herbario flog zitternd zur obersten Himmelswolke.

»Herbario«, sagte Gott, »als ich mir heute Morgen die Erdrundschau ansah, entdeckte ich ein neues Kraut. War das deine Idee?«

Herbario wusste nicht recht, was antworten.

»Es gefällt mir. Eine gute Idee, schon im Februar ein bisschen Gelb zu streuen. Und die Blätter sind auch hübsch gelungen. Aber sag, wofür ist es gut?«

»Äh, ich … ich hatte so schrecklichen Husten und als ich …«

»Gegen Husten also – das ist gescheit! Von solchen Kräutern kann man nie genug haben. Bravo, Herbario!«
Als der Kräuterengel glückstrahlend in sein Wolkenlabor zurückgekehrt war, kramte er zwischen Töpfen und Tiegeln, bis er endlich fand, was er suchte. »Das hast du dir verdient, junges Fohlen.« Und er leerte einen Sack mit himmlischem Hafer auf die Pferdeweide.
»Danke!«, rief er und trug in sein Kräuterbuch den Namen für das neue Kraut ein: Fohlenkraut!

Der Huflattich

Man nennt ihn auch Fohlenkraut oder Eselskraut. Da die Blüten vor den Blättern kommen, sagt man auch: »Es erscheint der Sohn vor dem Vater.«

Huflattich wächst an Bachufern, an Böschungen, Eisenbahndämmen, auf Schuttplätzen, an Acker- und Waldrändern.

Verwendet werden die Blätter (Mai, Juni) und die Blütenköpfe (Februar, März), wenn sie sich ganz entfaltet haben.

Die Blüten schmecken süßlich, etwas herb (und riechen nach Honig), die Blätter sind leicht bitter.

Der Huflattich ist die erste Heilpflanze im Frühling! Sie wirkt entzündungshemmend, blutreinigend und ist vitaminreich. Ein Tee aus den Blättern ist ein altes Hausmittel gegen Husten. Früher bereitete man aus dem Huflattich gern ein Gemüse für blutarme Kinder.

Wusstest du: dass jeder zunehmende Mond der Zwiebel eine neue Schale wachsen lässt?

Johanniskraut

Alles, was von dem grausamen Schauspiel übrig blieb, war ein rot gefärbtes Wiesenstück. Die schaulustige Menge, die Soldaten und Richter hatten sich verzogen. Der Wagen mit der Leiche des Geköpften rollte langsam davon, hinter ihm gingen zwei Frauen und ein paar Männer. Die Erinnerung schwebte wie eine Wolke über der Wiese. Morgen wird sie schon wieder ostwärts gezogen sein und übermorgen wird der Wind des Vergessens sie verjagt haben.

Nur das rot gefärbte Wiesenstücke zeigte noch, dass hier etwas Schauriges stattgefunden hatte. »Der Regen nimmt das Blut mit sich«, sang ein Vogel, »und denken wird niemand mehr an dich.« Der Regen entfernte das Blut und die Wiese blühte und verliebte Paare wanderten über die einstmals rot gefärbte Erde.
Ein Jahr verging. Kaum einer erinnerte sich mehr an den Tag, als hier der Tod zu Gast gewesen war – nur...
Auf dem Wiesenfleck wuchs eine seltsame Pflanze. Am Tag der höchsten Sonne blühte sie goldgelb. Manche, die vorübergingen, blieben stehen und wunderten sich, was für eine Blume das wohl sein mochte – sie war in dieser Gegend unbekannt.
Um diese Zeit kam eine Frau aus einem fernen Land in die Stadt. Sie sagte, sie komme von weither, um den Johannes zu treffen.
»Den Johannes?«, sagten die Leute erstaunt. »Ja, hast du denn nichts davon gehört? Vor einem Jahr ist er enthauptet worden.«
Die Frau wollte es erst glauben, als man sie zu seinem Grab führte. »Und wo ist es geschehen?«, fragte sie. Man erklärte ihr den Weg und als sie dorthin kam, fand sie das blühende Kraut. Sie nahm eine Blüte in die Hand, um daran zu riechen. Sie hatte vielleicht etwas zu fest gedrückt, denn plötzlich rann aus der gelben Blüte ein

Tropfen, rot wie Blut. Entsetzt ließ die Frau die Blüte fallen und starrte auf ihre rot gefärbten Finger.

Das Wunder sprach sich schnell herum. Vorsichtig gruben die Leute die Pflanze aus der Erde und trugen sie zu sich nach Hause.

Bald hatte sich das Johanniskraut, wie man es nannte, über das ganze Land vermehrt. Und bald sprach man nicht nur vom Blut des Johannes, das aus den gelben Blüten rann, man sprach auch von wundersamen Heilungen, die es bewirkte: »Ein Geschenk des Himmels!«

Dies musste wohl auch der Teufel gehört haben. »Das ist unfairer Wettbewerb«, wetterte er. »Der da oben soll seine Wunder im Himmel behalten!« In einer kohlrabenschwarzen Nacht schlich er zur Wiese, wo das Johanniskraut erschienen war. »Nun wirst du von der Erde verschwinden müssen, du Gotteskraut«, lachte der Teufel höhnisch.

Er sammelte einen Mund voll seines giftigen Speichels und spuckte ihn auf die Pflanze. Als das widerliche, scharfe Zeug die Blätter berührte, brannte es tausend kleine Löcher in das Grün. Ein Teufelsspruch, ein Katzenbuckel, eine Ladung grüner Spucke in alle Himmelsrichtungen und jedes blühende Johanniskraut im ganzen Land war verletzt durch unzählige, kleine Wunden.

Als die Menschen die schreckliche Tat bemerkten, ahnten sie gleich, dass dies nur Teufelswerk sein konnte. Schnell sammelten sie alle noch verbliebenen Blüten ein. Sie dachten, es würden die letzten sein – dem Teufelsschleim widersteht nichts.

Als der Frühling kam, hielten die Menschen jeden Tag Nachschau, ob die gelbe Blume kommen möge. Doch der Teufel schien sein Werk gut getan zu haben. Schon wollten sie die Hoffnung aufgeben, als nach kräftigen Sonnenstrahlen sich plötzlich das Johanniskraut aus der Erde kämpfte. Am Tag der höchsten Sonne blühte es so gelb wie nie zuvor!

Und damit der Teufel sich ewig daran erinnert, dass sein Gift bei einem Kraut des Himmels keine Wirkung zeigt, blieben die tausend kleinen Wunden für immer in den Blättern.

Das Johanniskraut

nennt man auch Blutkraut, Herrgottsblut, Tausendlochkraut, Jesuwundenkraut, Teufelsloch – warum, weißt du ja jetzt, wo du mein Märchen gelesen hast.

Johanniskraut wächst in ganz Europa wild an sonnigen Hängen, an Böschungen und Waldrändern.

Verwendet wird das ganze Kraut mit den Blüten (es blüht, wenn die Sonne zur Sommersonnenwende Ende Juni am höchsten steht).

Es schmeckt bitter!

Wenn du die Blätter gegen das Licht hältst, siehst du, dass sie von unzähligen Löchern durchstoßen sind. Das zweite Geheimnis: Reibst du die gelben Blüten zwischen deinen Fingern, färben sie sich blutrot! Das Johanniskraut wird zur Wund- und Schmerzbehandlung verwendet. Es wirkt nervenberuhigend. Sollte es notwendig sein, versuche eine vier- bis sechswöchige Trinkkur. Meide aber in dieser Zeit die Sonne, denn das Johanniskraut macht dich lichtempfindlich!

Kamille

Am Rande des Dorfes wohnte ein junges Mädchen, das von allen nur »Kummerblume« genannt wurde. Nicht weil sie selbst so viel Kummer hatte, nein, im Gegenteil, sie war so fröhlich und bescheiden, so schön und zart, dass sie allen Kummer fortnehmen konnte. Sie spürte, wenn die Leute wirklichen Kummer hatten oder ob sie nur zu faul waren, den wahren Grund ihres Kummers zu betrachten. Mit Kummerblumes Hilfe entdeckten sie dann nämlich,

dass ihr Kummer meist überflüssig war, und gingen zufrieden nach Hause.
Kummerblumes Haus war sehr klein, sie wohnte ganz allein darin und benötigte nicht viel für ihr Leben. Außer der Tür, durch die Kummerblume aus und ein ging, gab es noch eine zweite im Haus, die das Mädchen immer, Sommer und Winter, mit frischen Blumen geschmückt hatte.
Kam jemand mit großem Kummer in ihr Haus, sagte sie nur: »Geh durch diese Tür und du wirst deinen Kummer erkennen und ihn dort lassen.«
Da kam der reiche Bauer, dessen Kummer war, seinen Reichtum zu verlieren.
»Geh nur«, sagte Kummerblume und wies auf die geschmückte Tür. Der Bauer öffnete sie und trat in ein Wunderland: Die Wiesen trugen ihr üppigstes Sommerkleid, die Baumdamen hatten ihre Fruchtjuwelen aus den Schatzkisten geholt und im Hintergrund gab der Vogelchor ein Konzert.
»In so einer Welt müsste man leben, dann hätte man keinen Kummer mehr!«, rief der Bauer.
»Du brauchst sie nicht einmal zu kaufen, es ist ja deine Welt, durch die du täglich wanderst!«, sagte eine Stimme.
Da war der Kummer weg und der Bauer sah, wie reich er *wirklich* war!

Der Bürgermeister kam und beklagte sich, dass seine Frau so mürrisch wäre und er ohne Kuss ins Bett gehen müsste. Kummerblume sagte bloß: »Geh nur!« und schickte ihn durch die Tür. Der Bürgermeister öffnete sie und stand mitten in einem Wirtshaus und sah sich selbst an seinem Stammtisch sitzen und Bier trinken und große Sprüche klopfen. Und sah sich spät in der Nacht nach Hause torkeln.
»Das bin ja ich!«, rief er entsetzt und wusste mit einmal, woher es kam, dass seiner Frau die Küsse nicht mehr schmeckten.

Vor allem aber kamen die Leute des Dorfes, wenn der Kummer einer Krankheit wegen war. »Geht nur durch diese Tür«, sagte Kummerblume zu einer Frau, die vor lauter Niesen und Schnäuzen kaum grüßen konnte.
Als sie durch die Tür getreten war, lag vor ihr ein kleiner See, der dampfte wie ein Vulkan. »Komm, setz dich an mein Ufer und atme«, rief der See ihr zu. Und nachdem die Frau ihn einige Tage hindurch besuchen gekommen war, fühlte sie sich wieder gesund und fröhlich!
»Meine Tür wartet schon auf dich«, sagte Kummerblume zu einem jungen Mann, der von einem Pferd getreten worden war und eine große Wunde am Bein hatte. Als er die Tür öffnete, getraute er sich zuerst nicht einzutreten:

Vor ihm breitete sich eine blaue Himmelswiese aus, auf der einige Wolkenschafe grasten. Eine Wolke kam auf ihn zu, er setzte sich darauf und schwebte davon. Die Wolkenschafe hüllten das verletzte Bein ganz mit ihrem Weiß ein und so flogen sie eine Weile dahin, bis er keine Schmerzen mehr spürte. Als der junge Mann wieder durch die Tür an der Rückwand der Stube ins Haus der Kummerblume trat, war die Wunde am Bein geheilt!

»Hab keine Angst, hinter der Tür erwartet dich nur Gutes«, sagte Kummerblume zu der Frau, die ihren Kummer im Magen trug. Die Frau sah einen Berg, aus dem heißes Wasser floss. »Trink mich«, rief das Wasser.
»Leg dich auf mich und rolle dich«, rief die Wiese am Fuße des Berges.
Und die Wasserelfen drehten sich im Magenrad und verjagten alle bösen Geister, die sich dort zu einem Fest getroffen hatten.

Nun kann man sich aber vorstellen, dass die Leute, die auf ihren Kummer auch noch stolz waren, und die Leute, die sich nicht getrauten, ihren Kummer der Kummerblume anzuvertrauen, dass diese Leute ihr nichts Gutes wünschten. Üble Worte liefen durch das Dorf und da und dort blieben diese Worte auch hän-

gen und wurden größer und böser: Eine Hexe soll sie sein, die Kummerblume!
Und immer weniger und weniger Leute getrauten sich, zu ihr zu gehen, aus Angst, man könnte glauben, sie vertrauten einer Hexe.
Bald kam niemand mehr zu dem Mädchen, das am Rande des Dorfes wohnte. Eines Tages waren die bösen Worte so gewachsen, dass sie alle Köpfe umschwirrten. Die Dorfbewohner zogen mit Mistgabeln und Fackeln hinaus vors Dorf und riefen: »Brennt die Hexe! Brennt die Hexe!«
Als der schlimmste von allen, der Schwarzgekleidete, an ihre Tür klopfte, rührte sich nichts. Als sie das Haus aufbrachen, fanden sie nichts. »Dort ist die Hexentür«, riefen die Leute. »Dort hinaus wird sie geflüchtet sein.«
Nur der Schwarzgekleidete getraute sich, die geheimnisvolle Tür zu öffnen. Er riss sie auf und... vor ihm lag eine Wiese, auf der unzählige Kamillen blühten.
Die Kummerblume aber wurde niemals mehr gesehen...

Die Kamille

nennt man auch Kindbettblume oder Mutterkraut. Einer der größten Kräuterkundigen, Hieronymus Bock, schrieb: Es ist kein bräuchlicher Kraut in der Arznei als die Kamille, denn man kann sie für fast alle Gebrechen verwenden.

Kamille wächst wild auf Äckern, Schuttplätzen, an Böschungen und natürlich sollte sie in keinem Kräuter- oder Gemüsegarten fehlen. Aber Vorsicht! Verwechsle sie nicht mit der so genannten Hundskamille: Die Randblütenblätter der echten Kamille hängen nach unten!

Verwendet werden die Blütenköpfchen (von Mai bis August, am besten drei bis fünf Tage nach dem Aufblühen ernten).

Die Kamille schmeckt... mach dir schnell einen Tee, dann weißt du's!

Kamille hilft sowohl äußerlich (Umschläge), als auch innerlich (Tee). Sie ist allgemein heilend, krampfstillend und entzündungshemmend. Sie beruhigt das Nervensystem und lindert auch Magen- und Darmbeschwerden. Hast du eine Erkältung, hilft ein Dampfbad!

Interessant, interessant: Wasserreiches Gemüse, wie Gurken, Kürbisse und Melonen, nennt man Kinder des Mondes!

Knoblauch

Ein Vater hatte drei Söhne und kein Geld. Als es darum ging, jedem für sein weiteres Leben etwas mitzugeben, holte er aus einem Kistchen zwei Samenkörner und etwas, das wie eine kleine längliche Frucht aussah, und sprach: »Das ist alles, was ich euch geben kann. Wenn ihr es richtig nützt, wird es euch ebensolches Glück bringen, als hätte ich jedem von euch einen Sack voll Gold gegeben.«
Er überreichte jedem Sohn seinen »Schatz« und

sie machten sich gleich daran, ihn einzupflanzen.
Jeden Morgen war von nun an der erste Weg der Söhne zu dem Teil des Gartens, wo ihr zukünftiges Glück wachsen sollte. Lange Zeit ließ sich nichts blicken. Dann endlich, eines Tages, zeigte sich ein erster, grüner Blattfinger, kurz darauf schossen auch die beiden anderen Keimlinge in die Höhe. Noch war kein Unterschied festzustellen.
Als die Sonne schon sehr hoch im Jahr stand, zeigte sich bei der Pflanze des jüngsten Sohnes die Form einer Blüte. Die des mittleren hatte ihre Blätter wie einen Kelch gewunden, aus dem etwas herauszuwachsen schien. Der Älteste blickte etwas nachdenklich auf sein »Glück«: Es hatte zwar die größten und längsten Blätter, aber außer den Blättern war noch nichts zu erkennen.
Eines Tages im Herbst führte der Vater seine Söhne in den Garten, um die Ernte einzubringen. Im ersten Beet war eine wunderschöne Blume gewachsen, im zweiten eine kurze, feste Pflanze, die sehr nützlich zu sein schien, nur im dritten Beet sah es traurig aus: Die langen, braunen Blätter hingen welk zu Boden.
»Na, unser ältester Bruder scheint kein großes Glück gefunden zu haben!«, lachten die beiden anderen.

»Wartet«, sagte der Vater, »das wahre Glück muss nicht immer gleich zu erkennen sein!«
Dem Jüngsten schnitt er die Blume, die voll Schönheit und Duft war. »Das ist die Blume, der keine Frau widerstehen wird können.« Und so war es auch: Dieser Sohn heiratete bald, bekam viele Kinder und wurde ein guter Familienvater.
Die Pflanze des zweiten Sohnes verbarg ein Geheimnis in ihrem Kelch. »Sieh diese gelben Stängel, die aus dieser Blume wachsen. Sie werden dich reich machen. Man nennt sie Safran. Es ist das wertvollste und köstlichste Gewürz der Welt.«
Und so war es auch: Dieser Sohn wurde ein berühmter Koch und alle waren von seinen gelben Speisen begeistert.
»Und wie steht es mit dem, was du mir auf meinem Lebensweg mitgibst?«, fragte der Älteste und schaute auf die welken Blätter.
»Ich sagte dir doch schon, lasse dich nicht vom Schein blenden. Keine Blüte kann ihren Duft, keine Frucht ihren Geschmack ohne die Wurzel finden. Die Wurzel wird dein Glück sein!« Der Sohn grub seine Pflanze aus und fand in der Erde eine seltsame Frucht: Knoblauch. In ihrer Wurzel entdeckte er sieben Zehen.
Die sollen mein Glück bedeuten?, dachte er und war mit dem Geschenk des Vaters sehr unzufrieden.

»Vielleicht wirken sie wie die Blume meines Bruders und verhelfen mir zu einer guten Frau!« Das wollte er bei einem nächsten Treffen mit dem Mädchen, das ihm gefiel, ausprobieren.
»Mitbringen kann ich ihr die Zehen nicht, aber vielleicht machen sie mich unwiderstehlich.« Und er zerkaute den Knoblauch.
Als sich das Mädchen und der Junge gegenübersaßen und er gerade zärtlich »Ich liebe dich« hauchen wollte, entwich seinem Mund eine Wolke starken Knoblauchduftes. Das Mädchen entging knapp einer Ohnmacht und ließ sich nie wieder blicken.
»Das soll Glück sein?«, rief der Bursche ärgerlich und versuchte es, wie sein Bruder, mit der Kochkunst.
Er bekam die Gelegenheit, für eine vornehme Gesellschaft ein Abendessen zu bereiten. Es wurde ein großer Erfolg, seine Speisen wurden wegen des vorzüglichen Geschmacks gelobt. Schon dachte er, nun habe er das Glück doch noch erreicht. Aber plötzlich hörte er aus dem Zimmer, wo die Herr- und Damschaften ihren Kaffee nahmen, seltsame Geräusche, die wie Donner klangen. Mit hochroten, schamerfüllten Gesichtern saßen die feinen Leute da und beteuerten einander gegenseitig, dass ihnen diese unschicklichen Töne völlig fremd seien. Bis einer den Zusammenhang mit dem köstlichen

Geschmack der Speisen herstellte und der Koch davongejagt wurde.
»Du hast mir nicht Glück, sondern Unglück auf den Weg mitgegeben!«, beschwerte sich der Sohn beim Vater.
»Für dein Glück brauchst du Geduld. Und Vertrauen. Pflanze die noch verbliebenen Zehen in die Erde, warte auf den Herbst und eine neue Ernte. Kaue jeden Tag deinen Knoblauch. Du wirst dein Glück vielleicht nicht heute in die Hände nehmen können, aber dafür wirst du eines Tages auf dein Glück zurückschauen.«
Und so war es auch: Während Krankheiten Körper und Geist seiner jüngeren Brüder schwächten, die Schönheit der Blume längst vergangen, der Geschmack des Safrans längst vergessen war, sah der älteste der Brüder aus, als würde er jeden Tag in einem Jungbrunnen baden. Das hatte er dem Knoblauch zu verdanken, den er im Garten zog und dessen Kraft ihm erst klar wurde, als er am Grab seiner Brüder stand und die Gesundheit als höchstes Glück erkannte.

Der Knoblauch

ist eines der gebräuchlichsten Küchengemüse und Gewürze. Man nennt ihn auch Stinkerzwiebel (warum wohl?). Die Griechen nannten ihn stinkende Rose. Die Kinder im alten Ägypten trugen Knoblauchhalsbänder gegen Ungeziefer und Sklaven, die an den Pyramiden arbeiteten, wurde täglich eine Ration Knoblauch zur Stärkung in den Mund geschoben. Vampire hassen Knoblauch!

Die Urheimat des Knoblauchs ist Zentralasien. Heute wächst er kaum noch wild.

Verwendet werden die Zehen (Pflanzung März und April, Ernte im Herbst).

Knoblauch schmeckt scharf und hinterlässt einen schlechten Geruch. Für die Chemiker unter euch: Allicin (einer der Hauptbestandteile des Knoblauchs) und Sauerstoff gehen eine organische Schwefelverbindung ein, die den typischen Knoblauchgeruch ergibt.

Allicin ist ein natürliches Antibiotikum und wirkt bakterientötend. Der Knoblauch stärkt das Allgemeinbefinden und die Abwehrkräfte, hilft gegen frühzeitiges Altern und gegen Verengung der Gefäße. Ein Knoblauchsirup lindert Erkrankungen der Atemwege. Er ist aber nicht nur Medizin, sondern auch Nahrungsmittel und Würze. Das macht ihn zu einem der wichtigsten Kräuter überhaupt.

Königskerze

Über eine Familie kam großes Unglück. Warum, das ist eine lange Geschichte, die euch eines Tages vielleicht der Mond erzählen wird.
Eines hat ganz sicher damit zu tun: Der Vater hatte den Mond nie in Ruhe schlafen lassen. Er führte die Frau bei Neumond zum Traualtar, begann bei Neumond sein Haus zu bauen und holte bei Neumond die Ernte ein. Er sagte: Der Mond muss nicht alles sehen, was ich tue, und

vergaß, dass dem Mond selbst im Schlaf nie etwas entgeht.
Der Vater war also krank, die Mutter hysterisch, dreizehn Kinder waren hungrig und um die Kühe im Stall tanzten Kobolde und flogen Teufelswesen.
Da hatte die Sonne eines Tages Erbarmen: Was können die Kinder dafür, dass der Vater ein Dummkopf ist!
Sie schickte also einen Strahlenfinger los, die Elfe einer Königskerze zu wecken. »He, du, aufwachen«, rief die Sonne und kitzelte die Pflanzenelfe, bis sie endlich hochschreckte, »ich habe Arbeit für dich.«
Die Elfe fuhr zusammen, weil die Chefin höchstpersönlich zu ihr gekommen war, glättete schnell ihre Flügel und das Haarbüschel.
»Ich, öh, habe nur ein bisschen ...«
»Ist schon recht«, sagte die Sonne gütig. »Höre: Wir brauchen dringend ein Kräuterbüschel, damit wieder Ruhe in eine Menschenfamilie einkehrt. Ich habe deine Blume ausgewählt, die Anführerin des Büschels zu sein. Du musst zu diesen Menschen gehen und ihnen ein bisschen Nachhilfe in Kräuterkunde geben.«
Die Königskerze war mächtig stolz, dass sie auserkoren war, in der Mitte des Büschels zu stehen und mit ihrem Duft und ihrer Schönheit alles zu überstrahlen.

»Wie willst du denn die Menschen dazu bringen, die richtigen Kräuter zu finden?«, fragte die Blume ihre Elfe. »Keine Angst! Nach siebenhundert Jahren Berufserfahrung ist so eine Aufgabe ein Kinderspiel für mich!«
Noch in dieser Nacht flog die Elfe in das Haus der Unglücksfamilie. Schon von weitem hörte sie das Vieh im Stall brüllen, weil die Kobolde wieder ihren Unfug trieben. Im Haus selbst war es auch nicht besser: Der Vater war vor lauter Unglück elendskrank die Mutter wegen der vielen Sorgen halb verrückt, und die Kinder lagen wie Kraut und Rüben durcheinander in den Betten.
»Höchste Zeit, dass hier etwas geschieht«, meinte die Elfe und ging gleich an die Arbeit.
Sie setzte sich der ältesten Tochter auf die Schulter und flüsterte ihr einen geheimen Zauberspruch ins Ohr. (*Geheim*, das heißt wirklich geheim. Nur so viel kann ich verraten: Der Spruch weckt das Kräuterwesen, das in jedem Menschen steckt, und dieses Wesen bringt alle Erinnerungen an sein Kraut zurück.) Dann riss sich die Elfe noch ein goldenes Haar aus, wickelte es um das Menschenohr und versprühte ein bisschen Thymianparfüm, das bei den Elfen gerade Mode war. (Damit die Kobolde, die im Haus ihre Späße trieben, gleich wussten, dass nun die Elfen am Werk waren!)

Als die Tochter am nächsten Morgen aufwachte, schnupperte sie und roch den Thymian. Kitzelte sie etwas und sie fand das goldene Haar. Rührte sich etwas und sie erinnerte sich an eine blühende Wiese.
»Heute ist ein so schöner Tag, lasst uns auf die Wiese gehen.« Zuerst wollten die anderen nicht, meinten, davon werde man auch nicht satt. Doch dann zogen sie gemeinsam auf die Felder.
»Seht, was ich gefunden habe«, rief die Schwester bald. »Ein goldenes Haar!«
»Ich auch!«, riefen zwölf helle Stimmen, eine dunkle und eine aufgeregte Stimme.
»Die Sonne hat Erbarmen mit uns und hat alle Spinnweben vergoldet.« – »Dann wären wir ja reich«, rief der Vater.
»Nein, seht doch. Die goldenen Fäden hängen nur an bestimmten Blumen. Die müssen wir sammeln!«
Nun waren alle mit Begeisterung dabei! Sie liefen über die Wiese und jeder suchte die goldenen Spinnweben und ein jeder fand eine bei einer anderen Blume – bei *seiner* Blume! Die Älteste stand vor der Königskerze und streichelte sanft die goldgelben Blüten. Der eine Sohn, der schlechtes Blut hatte, stand vor dem Johanniskraut, die Mutter vor dem bittersüßen Nachtschatten. Der Vater hatte sich trotz seiner Leibschmerzen bis zum Kümmel geschleppt. Die,

die immer über Halsweh klagte, kauerte vor dem Liebstöckel und spielte mit den gelben Blütenkelchen. Der, der das wenige nie essen wollte, hatte die Weinraute gefunden – jeder stand vor seiner Blume und jeder pflückte sie und nahm sie mit nach Hause.
Die fünfzehn Kräuter wurden zu einem Büschel gebunden, die Königskerze in der Mitte, und dann an den besten Platz im Haus gehängt.
Von diesem Tag an war das Unglück aus dem Haus verschwunden. Und die Sonne klopfte mit ihrem Strahlenfinger der Elfe auf die Flügel und war sehr zufrieden mit ihrer Leistung!

(Ich habe noch etwas gehört: Der Mond soll, was selten passiert, die Elfe gebeten haben, dem Vater eine Vogelmiere hinters Ohr zu legen, damit er sich daran erinnert, wie er mit ihm, dem Mond, umzugehen habe ...)

Die Königskerze

nennt man auch Fackelblume (wegen ihrer leuchtenden Farbe), Feldkerze oder Wollblume (wegen der filzigen Blätter und haarigen Blüten).

Die Königskerze wächst wild auf Feldern und bevorzugt feuchten Boden.

Verwendet werden die Blüten, die im August am schönsten blühen.

Der Geschmack ist neutral, der Duft aromatisch.

Die Königskerze ist heute fast nur noch Zierblume. Aus den Blüten kocht man einen Tee, der eine herrlich goldgelbe Farbe bekommt und ein altbewährtes Hustenmittel sein soll. Auch bei Stockschnupfen hilft's: Man muss den Tee kräftig durch die Nase hochziehen – viel Vergnügen!

Fast vergessen: Wenn du etwas säst, warte ab, bis die Mondsichel fett und fetter wird – der Mond also zunimmt!

Liebstöckel

Als die ganze Aufregung um die Wahl vorüber war, der neue König der Tiere sein Felsenschloss bezogen hatte, Frau Löwin, jetzt gekrönt, den Höhlenhalt eingerichtet hatte, die Prinzen und Prinzessinnen die Schule nicht mehr besuchen mussten, weil Frau Eule und Herr Fuchs zum Privatunterricht in die königliche Residenz kamen, war auch die Zeit gekommen, für das Volk Audienz zu halten.
Ein jeder kam und ein jeder brachte irgend-

etwas mit, um sich die Gunst des Löwen zu sichern.
Der Bär brachte eine Honigfabrik. Aus verständlichen Gründen musste der König die Arbeiter entlassen, was zu Protesten der Bienengewerkschaft führte.
Das Krokodil brachte eine entzückende Tasche aus echtem Holländerleder.
Eine Kompanie Ameisen schleppte eine Frucht, hundertmal größer als sie selbst, herbei, was besonders die Frau Königin sehr berührte. Die Giraffe schenkte ein sehr gelungenes Luftbild des königlichen Palastes. Eine Kuh und ein Esel, besonders originell, hatten eine Geschichte geschrieben von einem Menschen, der Jesus hieß. Drei Flöhe wollten sich selbst schenken – dieses Geschenk wurde jedoch abgelehnt.
Einige Tage vergingen und das Steinschloss füllte sich so sehr, dass der Königsthron aus Platzgründen in die Küche gebracht werden musste. Aber endlich schien es, als wäre nun die Aufwartung des Volkes vorbei und die königliche Familie könnte nun mit dem königlichen Leben beginnen.

Eines Morgens jedoch, sehr zeitig, klopfte es leise an das Höhlentor. »Ach, du bist's«, gähnte der Löwe, als er das Vögelchen vor sich sah, »du kommst etwas spät, aber immerhin. Nun, was bringst du mir für ein Geschenk?« In seinem Schnabel trug der Vogel eine Pflanze mit ziemlich langem Stiel, einer gelben Blütenhaube und dicken grünen Blättern.

»Allerwertester, hier nehmt: eine Geschenkpackung Liebstöckel. Pflanze mit Wurzel samt einem Säckchen Samen.«
»Oho, Liebstöckel – das können wir gebrauchen. Was, Häschen?«, grinste der Löwe und zwinkerte seiner Frau zu. Der Vogel kannte die derben Manieren des Herrschers, verneigte sich und flog davon.
Weder der Löwe noch seine Frau hatten vor, diese komische Pflanze aufzubewahren, und sie warfen sie auf die Wiese hinter dem Höhlenpalast.

Monate vergingen. Die Geschenke, die Liebe und die Ergebenheit der Untertanen waren arg geschrumpft. Bald erinnerte nichts mehr an die Wahl und die anfängliche Nettigkeit des Herrschers.
Dafür tat sich auf der Wiese hinter dem Königspalast Geheimnisvolles: Der Liebstöckel, der damals lieblos dorthin geworfen worden war, wuchs und wuchs, hatte schon alle anderen Pflanzen verdrängt. Seine langen, mächtigen Stiele, drei Meter hoch, standen wie ein be-

waffnetes Heer um die Höhle. Und langsam rückten die grünen Soldaten mit ihren gelben Blütenhelmen immer näher. Die königliche Familie bemerkte es erst gar nicht – wann hatte sich ein Löwe je für Pflanzen interessiert? Aber der Liebstöckel war bald nicht mehr zu übersehen.

»Weg mit dem Unkraut«, befahl der König und eine ganze Horde Diener – Nashörner, Elefanten und Büffel – begann, das Kraut niederzutrampeln.

Am nächsten Morgen kam der Löwe, um sich von der Arbeit seiner Mannschaft zu überzeugen. Plötzlich hörte man ein irres Gebrüll und der ganze Hofstaat lief zusammen, um zu sehen, was den König so erzürnte: Der Liebstöckel war wieder an seinem Platz, ja, er war sogar noch gewachsen.

»Äh, das versteh ich nicht«, brummte der Elefant und starrte auf die blühende Krautarmee. Daraufhin traf sich das Nashornballett auf der Liebstöckelwiese zu einer Generalprobe... Bei Sonnenuntergang war nicht ein grünes Pünktchen mehr auf dem Tanzboden zu erkennen!

Bei Sonnenaufgang riss der König das Schlosstor auf und erstarrte: Die Erde war grün, der Himmel gelb geworden – direkt vor ihm wuchs ein dichter Liebstöckeldschungel!

»Hilfe, Hilfe!«, schrie der Monarch. Und es dau-

erte nicht lange, bis die Elefanten- und Nilpferdtruppe einen schmalen Weg zu ihrem König getreten hatte.
»Majestät, melde gehorsamst, der Liebstöckel ist nicht zu vertreiben.«
»Blödsinn«, antwortete der Löwe und machte sich höchstpersönlich auf den Weg durch den undurchdringlichen Wald aus grünen Stängeln, die eigentlich sehr zart anzusehen waren. »Na, was soll da nicht wegzubringen sein«, brummte er. »Die huste ich ja um!« – »Wenn ich etwas bemerken dürfte«, hüstelte der Oberelefant, »der Weg hinter uns – dreht Euch um.« Die Mähne des Löwen erbleichte: Der Weg, den sie eben niedergetreten hatten, war schon wieder zugewachsen!
Der ganze Hofstaat irrte in Panik durch den grünen Dschungel und die Liebstöckelarmee stand stumm da und die gelben Blütenhelme verfolgten wie mit unsichtbaren Augen das Geschehen.
»Wie kommt dieser Liebstöckel überhaupt hierher?«, brüllte der König. »Er war doch nicht immer hier. Ich kann mich doch genau daran erinnern, vom Eingang meiner Höhle aus die Felder gesehen zu haben.«
»Er war das Geschenk des kleinen Vogels«, sagte die Königin, »und du hast es damals fortwerfen lassen.«

»Dann bringt mir dieses Vieh, das mir diesen Ärger bereitet hat!«
Plötzlich erklang ein Lied von dem Baum vor der Palasthöhle. »Ihr braucht mich nicht zu suchen, ich war immer hier!«, sang der Vogel.
»Was soll das bedeuten?«, schrie der Monarch. »Was für ein Teufelskraut hast du mir da geschenkt?«
»Liebstöckel, mein König, nichts anderes als Liebstöckel.«
»Schau, was du mit deinem lieblichen Stöckel angerichtet hast. Ich kann weder mein Land noch meine Untertanen mehr sehen.«
»Das ist ja genau das, was er Euch zeigen will! Wisst Ihr, König, ein Kraut sucht sich den Platz, wo es wachsen will, immer ganz genau aus. Und es bietet seine Wunderkräfte dem an, der sie braucht.«
»Wunderkräfte?! Was brauche ich Wunderkräfte! Ich bin der Stärkste und der Klügste und der Lauteste – ich bin der King – der King!« Der Löwe brüllte so laut und so wild, dass alle Tiere seines Reiches herbeigeeilt kamen.
»...Und wenn der König befiehlt, dass dieses Kraut verschwinden soll, dann hat es zu verschwinden! Und...« Die Stimme des Königs wurde mit einem Mal immer leiser, bis überhaupt nur noch ein schwaches Krächzen zu hören war, und schließlich riss er nur noch das

Maul auf, ohne auch nur ein kleines Tönchen herauszubekommen – der König hatte seine Stimme verloren!
Und was war das für ein Löwe, der König der Tiere, der nur mehr piepsen konnte, leiser als ein Vögelchen.
»Hilfe!«, schrieb er auf ein Blatt Papier. »Ich will wieder brüllen!«
Abermals begann der Vogel vom Baum zu singen: »Mein König, ich sagte Euch doch, die Kräuter schenken ihre Wunderkräfte dem, der sie braucht. Versucht es mit dem Liebstöckel. Er wartet doch so darauf.«
Der Löwe deutete ungläubig mit seiner mächtigen Pranke auf den Liebstöckel, der ihn nun völlig umzingelt hatte.
»Ja, ja«, nickte der kleine Vogel, »traut Euch nur!«
Der Löwe schlich also sehr demütig zu den vordersten Stielen und stand mit gesenktem Kopf davor.
»Nun brecht einen Stängel«, sang der Vogel mit wunderbarster Stimme, »und löst die Blütenhaube ab.«
Der König tat, wie ihm befohlen wurde.
»Wir brauchen Milch«, rief der Vogel zur anderen Seite hin, dort, wo das Volk stand und glotzte.
»Milch? Milch!«, erwiderte die Kuh, »da kann nur ich gemeint sein!« – »Macht ein Feuer und er-

hitzt die Milch«, flötete das Vöglein mit einer Stimme, dass es allen ganz warm ums Herz wurde. »Mein König, nun steckt den Stängel des Liebstöckels in die heiße Milch und trinkt daraus wie mit einem Trinkhalm.«
Nun erst bemerkte der König, dass der Stängel hohl war, und begann vorsichtig durch den Stiel des Liebstöckels hindurch die Milch zu schlürfen. Obwohl das Volk es gern getan hätte, wagte es keiner zu lachen.
Der Löwe trank und brach Stängel und trank und brach Stängel und die Kuh musste sich die letzten Tropfen Milch herausdrücken lassen. Schon war aus dem Maul des Königs ein Brummen, wie ferner Donner, zu hören, schon schwebten erste Worte zwischen den gewaltigen Zähnen hervor und ein paar Stunden später konnte der Löwe wieder den ersten richtigen Satz laut und deutlich sprechen:
»Von heute an will ich versuchen, auch was unwichtig und wertlos erscheint, zu erkennen und zu achten. Ich danke dir, Vogel, und ich danke auch dem Liebstöckel.«
Na ja, und der König bemühte sich wirklich und wurde ein recht brauchbarer Regent.
Die Liebstöckelarmee zog sich hinter die Kräutergartenlinie zurück und schenkte dem König und seinem Volk seine Zauberkräfte, wann immer sie es brauchten.

Der Liebstöckel

hat seinen Namen von der italienischen Provinz Ligurien. Die Alten nannten ihn Panax, das heißt der »Allheilende« Die Appenzeller (Schweiz) gaben ihm den entzückenden Namen Schluckwehrohr, und die Pfälzer (Deutschland) sagen Heiserrehlich – seine hohlen Stängel werden nämlich als Trinkhalme für heiße Getränke bei Halsweh benützt, hilft aber nix mit Cola, nur mit Milch.

Ursprünglich kam der Liebstöckel aus dem Mittelmeerraum. Heute trifft man ihn nur mehr kultiviert im Kräutergarten, wo er sonnige Stellen bevorzugt.

Verwendet werden die Blätter (Ernte ab Mai), die Wurzeln und der Samen.
Liebstöckel hat einen kräftig-würzigen Geschmack, daher auch sein Beiname Maggikraut.

Weil in seinem Namen »Lieb(e)« vorkommt, dachten unsere Vorfahren natürlich gleich, dieses Kraut hätte Liebeszauberkräfte – hat es nicht. Aber es lindert Magenschmerzen und hilft bei Blähungen und Verdauungsschwierigkeiten (wichtiger Bestandteil in harntreibenden Teemischungen) – ist ja auch was, oder?

Ein heißer Tipp: Willst du einen Zaun bauen oder benötigst Holz für den Hausbau, dann musst du das Holz schlagen, wenn der Mond abnimmt oder kurz vor Vollmond!

Löffelkraut

Hört! Das Märchen hat mir aufgetragen, hier und jetzt zu erzählen: Glaubt nicht, was man in seinem Namen von Hexen schreibt – von bösen, hässlichen, mordenden Weibern. Das Märchen meint, diese Geschichten von Hexen sind sicher eine Erfindung der Männer, um die Frauen schlecht zu machen. Oder von solchen Leuten, denen die Künste und geheimen Kräfte dieser besonderen Frauen sehr ungelegen kommen.

Wahr ist vielmehr (»Und ich bin froh, das endlich aussprechen zu dürfen«, sagt das Märchen): Hexen und Hexeriche waren Menschen, die um die Geheimnisse der Natur Bescheid wussten. Kräuterkundige, die die besonderen Kräfte der Pflanzen, der Bäume, des Mondes kannten und in ihrer »Hexenkunst« anwendeten.
Hexen (nennen wir sie ruhig so, aber lernen wir, dabei GUTES zu denken!) halfen, wo die gescheiten Doktoren mit ihrer Wissenschaft und die Schwarzgekleideten mit ihren Gebeten nicht mehr helfen konnten. Sie öffneten mit ihrem Wissen ein Tor zu einem Reich, das die allermeisten Menschen nicht mehr besuchen wollten, weil sie es nicht mehr verstanden.
Der Zauber, von dem immer die Rede ist, wenn's um Hexen geht, kam nicht von einem Zauberstab, sondern kam aus dem Inneren dieser Menschen, aus ihrem Geist, ihrer Fantasie und ihrer Willenskraft.

Von so einer Hexe will ich euch erzählen. Sie war bekannt als Kräuterweibl, als eine, die für alle Wehwehchen ein Kraut kannte, und jeder im Dorf kam gern zu ihr. Natürlich gab es auch wilde Geschichten und Gerüchte über sie, aber das war ja klar – wer ein bisschen anders ist als normal, der muss sich von denen, die doch so »normal« sind, einiges anhören.

Fragte ein Fremder nach ihr, sagten die Dörfler: »Besser, du gehst nicht zu ihr. Sie ist sehr seltsam.«
Klar war sie seltsam: Sie wusste mehr als die anderen, dachte anders, handelte anders, sah anders aus ... als normal. Und gleich sagten die Leute: »VORSICHT! ACHTUNG! GEFÄHRLICH!«
Aber die Hexe war nicht gefährlich, höchstens für die, die sich damit begnügten, das zu glauben, was sie sahen, das als Wahrheit zu nehmen, was sie hörten, und die die Welt dort enden ließen, wo ihre Hände hinkamen.

Es war ein strenger Winter. Die Hexe wurde krank. Sehr krank. Sie konnte kaum noch die Gläser in der Hand halten, um die verschiedenfarbigen, stechend riechenden Flüssigkeiten zu mischen, zum Fliegen war der Geist zu schwach und außerdem hatte sie schon seit Wochen keinen Menschen mehr zu Gesicht bekommen – es sah aus, als hätte der Schnee auch alle Erinnerungen an die Hexe unter seiner weißen Decke begraben.
Besonders schmerzlich war es für die Hexe, dass auch ihre beste Freundin Barbara sie vergessen zu haben schien. Barbara war eine Nonne und lebte im Dorf. Sie wurde von allen verehrt, wenn auch die Dorfbewohner – allen voran der

Pfarrer – nicht verstanden, wie so eine heilige Frau die Freundin einer Hexe sein konnte.
Nun wollte es das Schicksal, dass dieser unbarmherzige Winter nicht nur die Gesundheit der Hexe sondern auch die von Barbara angegriffen hatte. Und die eine glaubte von der anderen, sie hätte sie vergessen. Barbara fragte oft nach der Hexe, und der Pfarrer und die frommen Leute sahen dies als wunderbare Gelegenheit, die beiden auseinander zu bringen. »Sie will nicht kommen«, sagten sie. »Sie hat im Moment so viel zu tun.« Barbara konnte nicht glauben, dass ihre Freundin sie im Stich lassen würde, und genauso wie die Hexe von dem Gedanken, vergessen worden zu sein, immer kränker wurde, genauso erging es auch Barbara.
Die Hexe war schon so schwach, dass sie kaum noch gehen konnte – sie wollte nur noch sterben. Aber der Gedanke, dieses Leben verlassen zu müssen, ohne die Freundin gesehen zu haben, schnitt ihr so ins Herz, dass sie mit letzter Kraft rief: »Hört, ihr Feen und Elfen meiner Kräuter. Ihr seid mir immer beigestanden, erfüllt mir noch einen letzten Wunsch: Erzählt Barbara, dass ich sie sehr geliebt habe und dass ich ihr verzeihe.«
Aber noch war tiefer Winter und die Pflanzenwesen schliefen alle noch, um Kräfte zu sammeln für die Arbeit im Frühling. Bis auf eine

Huflattichblüte, die zu schnell, zu früh erwacht war und nun mitten im Schnee stand, fast erfroren, ganz schwach. Ihre Elfe war mit all ihren Künsten beschäftigt, das Kraut zu retten, als sie den Hilferuf der Hexe hörte. »Halte durch, Huflattich, beiß die Blätter zusammen. Die Hexe braucht mich, hörst du, und vielleicht braucht sie auch dich!« Dann flog sie mit rasendem Flügelschlag zur Hexe und von dort zu Barbara ins Dorf.

Sie landete mit vereisten Flügeln auf dem Fensterbrett und sah Barbara mit schwachem Atem im Bett liegen. »Also deshalb konnte sie nicht kommen!«

Die Elfe schlüpfte durch das Dach ins Zimmer und umschwirrte die Kranke, um festzustellen, was ihr fehlte: Sie sah Barbaras Körper nur noch sehr schwach strahlen, um das Brustlicht waren dunkle Flecken und auch am Hals war das Licht gebrochen – »jetzt aber schnell zurück« – und lautlos, wie sie gekommen war, verließ sie das Haus wieder. Keiner der Umstehenden hatte das Wesen bemerkt und auch nicht das Licht, das von Barbaras Körper ausging.

»Hexe! Barbara ist sehr krank, deshalb konnte sie nicht kommen. Und sie ruft nach dir, aber die Menschen haben ihr Schlechtes von dir erzählt – du musst ihr helfen!«

Die Hexe, selbst schon mehr tot als lebendig,

sammelte all ihre Kraft, ja mehr als ihre Kraft, viel mehr, wandelte wie ein Geist zu ihrem Tisch mit den Kräutern und mischte mit Hilfe der Elfe und mit Hilfe der frühen Huflattichblüte einen Trunk. Und dann ging sie hinaus in den Schnee. Sie wusste nicht, ob ihre Füße, ihre Beine sie trugen oder schon ein himmlisches Gefährt, aber irgendwie gelangte sie zu Barbaras Haus. Sie trat ein und die frommen Leute waren so erschrocken über ihre Gegenwart und von ihrem Anblick, dass sie zurückwichen. Die Hexe hob Barbaras Kopf und flößte ihr den Saft ein.
Als Barbara am nächsten Tag erwachte, fühlte sie sich so stark und gesund, als wäre sie niemals krank gewesen.
»Ein Wunder!«, riefen die frommen Menschen.
»Wer hat mich gesund gemacht?«, fragte Barbara.
»Oh, es war ein göttliches Wunder«, rief der Pfarrer, betete schnell einige Vaterunser und hoffte, damit seine Lügen in Luft aufzulösen – keiner, der an Barbaras Bett stand, dachte daran, ihr von der Hexe zu erzählen. Da entdeckte Barbara einen Fleck auf ihrem Kissen und über der Tür einen Kräuterkranz. Aus dessen Zusammensetzung konnte sie sofort lesen, dass er Böses, dass er Hexen vertreiben sollte.
»Ihr gottlosen Lügner!«, schrie sie, sprang aus dem Bett, warf sich die Kleider über und stapf-

te, so schnell sie konnte, durch den Wald zur Hütte, in der ihre Freundin hauste. Die Hexe lag in ihrem Bett, atmete kaum noch und glühte im Fieber. »Hörst du mich?«, rief Barbara. »Ich bin da, dir zu helfen. Gib nicht auf, kämpfe, hörst du!« Und die Hexe hörte die Stimme wie aus weiter Ferne und sie begann, gegen den Tod zu kämpfen, der schon neben ihr hockte und die nötigen Formulare ausfüllte.

Barbara holte den Doktor. Er untersuchte die Kranke und schüttelte den Kopf. »Skorbut«, sagte er, »da gibt es keine Rettung. Ich habe wohl von einem Kraut gehört, dem Löffelkraut, das helfen soll, aber es wächst nur an der Küste der Nordländer. Tut mir Leid.«

»Hexe, hörst du, kämpfe weiter, ich besorge dir dieses Kraut!«

»Nun sei doch nicht so starrsinnig, Gabriel«, schimpfte Gott. »Immerhin bin ich der Boss hier.«

»Du hast mich zum obersten Beamtenengel berufen«, antwortete Gabriel. »Ich bin verantwortlich für den Plan, wer zu gehen hat und wer nicht. Die kleine Elfe hat mir deine liebe Barbara schon aus dem Schema geworfen, wenn ich den Tod nun auch noch bei der Hexe zurückpfeifen muss, wird er sauer. Ordnung muss sein!«

»Aber sie sind doch beide ganz besondere Geschöpfe«, sagte Gott. »Da werden wir eben mal eine Ausnahme machen.«

»Hör mal zu«, erwiderte Gabriel, »wenn wir erst mal mit Ausnahmen beginnen, wird das kein Ende nehmen.«

»Gabriel, wir machen diesmal eine Ausnahme. Das ist ein Befehl, hörst du?!«

»Gut, ist ja deine Erde und sind ja deine Menschen«, brummte Gabriel. »Aber dem Tod sagst du es!«

Gott rief einen kleinen Engel herbei: »Schnell, flieg nach Dänemark und pflücke so viel Löffelkraut, wie du tragen kannst. Das bringst du zu Barbara. Beeil dich – der Tod ist schon auf der letzten Seite des Empfangsscheines angekommen. Nur gut, dass Gabriel so ein Bürokrat ist ...«

Barbara durchsuchte alle ihre Kräuterbücher und Aufzeichnungen, raste durch ihren Wintergarten, in dem sie Blumen und Kräuter zog, als sie plötzlich stehen blieb und auf eine Pflanze starrte. »Ich kann mich nicht erinnern, dich gepflanzt zu haben, wie kommst du hierher?« Sie nahm das Kraut in die Hand und bemerkte die seltsam geformten Blätter. »Was hatte der Arzt gesagt? Löffelkraut. Diese Blätter sehen aus wie Löffel!« Sie holte schnell das Buch des Hieronymus Bock und als sie seine Zeichnung des Löffelkrautes sah, wusste sie, dass sie es in ihren Händen hielt… Gerade als der Todesengel endlich alles ausgefüllt hatte, nur noch seine Unterschrift setzen wollte, schlug die Hexe die Augen auf. Und sie sah eine strahlende Barbara: »Es hat gewirkt! Du bist gerettet!«

»Was ist dort oben eigentlich los?«, schimpfte der Tod. Leicht entnervt machte er zwei Striche über das Formular, schrieb UNGÜLTIG darüber und unter »Ursache« notierte er: Barbarakraut. So hieß es von nun an…

Das Löffelkraut

oder Barbarakraut nannte man früher auch Skorbutkraut – die Seefahrer nahmen es auf ihre Reisen als Vitaminspender mit. Die löffelartigen Blätter gaben ihm seinen Namen.
Es bevorzugt sumpfige, salzige Stellen, deshalb findet man es wild am häufigsten an den Küsten Nordeuropas. Im Kräutergarten liebt das Kraut halbschattige Plätze.

Die Aussaat ist März/April oder August/September. Verwendung findet nur das frische Kraut, da es getrocknet seine Heilkräfte verliert. Die Blüte ist im Mai/Juni. Liebenswürdigerweise ist das Löffelkraut winterhart, sodass man selbst bei härtestem Frost etwas Grünes ernten kann!

»Wenn man das Kraut im Mund kaut, gibt es zuerst einen scharfen Geschmack, danach zieht es zusammen!« Der Kräuterkundige meint, es schmecke nach Kresse.

Das Löffelkraut ist vitaminreich (Vitamin C) und steigert damit die Abwehrkräfte. Als unsere Ururgroßeltern Kinder waren, bekamen sie das Löffelkraut auch als Salat serviert – gegen Appetitlosigkeit.

Wichtig: Willst du etwas ernten, abbrechen, zerlegen, ein- oder niederreißen, dann erledigst du das am besten nach Vollmond, dann gelingt es dir sicher! Zwei Wochen hast du dafür Zeit.

Mistel

Ich habe sie fliegen gesehen, so wahr mir Gott helfe«, sagte die Frau vor dem Richter. »Und ich«, erzählte eine andere, »kam gerade dazu, als sie sich mit dem Leibhaftigen unterhielt. Der hatte solche ...« – sie maß mit den Händen ungefähr einen halben Meter – »... Klumpfüße, jawohl, das kann ich beschwören.« Und ein Mann berichtete: »Als ich eines Nachts an ihrem Haus vorüberging, sah ich ein seltsames Licht darin und als ich durchs Fenster schaute, spritzten

Funken und Strahlen aus ihren Augen, Ohren und der Nase!«
Amadea saß auf der Anklagebank und hörte zu, was die Leute über sie zu sagen hatten. Sieben Tage ging das nun schon, ohne Unterbrechung, immer mehr Lügen und Verleumdungen wurden aufgetischt, ein jeder hatte irgendetwas gesehen, gehört, gewusst. Hatte einer sie ihre Katze füttern gesehen, hieß es jetzt, »einem drachenähnlichen Viehzeug – soo groß – Leben eingehaucht«. Hatte sie vor Glück und Freude gesungen, war dies »Anbeten böser Mächte« gewesen. Und ihre Meditationen wurden »Zwiegespräche mit dem Teufel, um neue Sünden zu empfangen« genannt. Dabei war es gar nicht so lange her, dass alle, die im Dorf wohnten, Amadea, die Kräuterfrau, geliebt hatten. Alle waren mit ihren Sorgen, ihrem Kummer zu ihr gewandert und nicht einer war ohne guten Rat von ihr weggegangen.
Dann kam der Sommer, in dem der alte Pfarrer starb. Er selbst hatte noch nach ihr gerufen und sie um eine Medizin gebeten. Doch es war zu spät und er zu alt gewesen, um noch gerettet werden zu können.
Als Amadea das Sterbezimmer verlassen wollte, stand in der Tür der neue Schwarzgekleidete, ein hagerer, unfreundlicher Mann. Er sah die Kräuterfrau mit ihren Säften und Tinkturen und

schrie, ohne sich um den Toten zu kümmern: »Was tut ein Geschöpf des Teufels hier? Weiche, Satan, weiche!« und begann das Kreuz zu schwingen, Weihwasser zu sprengen und Psalmen zu singen.
Das war der Beginn des Endes.
Der neue Schwarzgekleidete predigte so lange von der Kanzel gegen Amadea, bis alle davon überzeugt waren, sie sei eine Hexe und mit dem Bösen im Bunde. Natürlich konnten die Herren aus der Stadt nicht anders, als Amadea zu verurteilen – Tod auf dem Scheiterhaufen.
»Ja, brennt die Hexe, brennt die Hexe!«, brüllte das Volk, das vor wenigen Wochen noch demütig vor ihrem Haus gesessen und um Hilfe gebettelt hatte.
Der Holzstoß war zusammengetragen, die Menge versammelt. Amadea wurden, wie es damals so Brauch war, die Haare geschoren und sie wurde, bis auf ein Leinentuch, entkleidet. Der Scharfrichter führte sie hinauf, auf die Spitze des hölzernen Berges, und band sie am Pfahl fest. Der Schwarzgekleidete spritzte Weihwasser und heizte mit frommen Sprüchen noch einmal die Stimmung seiner Schäfchen an. Einer kam mit einer Fackel und entfachte das Feuer. Langsam schlängelte sich die Feuerschlange von einem Holzstück zum anderen und immer höher.
Die Leute johlten vor Begeisterung und so

konnten sie auch nicht hören, wie sich Amadeas Mund noch einmal öffnete und »Choc!« rief. Choc war eine Drossel und ihr treuester Freund gewesen. »Choc, Choc!« Da kam er geflogen, der schwarze Vogel, flog ganz nah an Amadeas Mund heran. Und die Schlange kroch höher, immer höher. »Choc, nimm dir mein rechtes Auge und iss es.«

»Das kann ich nicht, das kann ich nicht«, schrie der Vogel.

»Choc, tu, was ich dir befehle – nimm mein Auge und iss es!« Und die Schlange fraß unaufhaltsam das Holz und kostete bereits von Amadeas Füßen. Da pickte der Vogel Amadeas rechtes Auge aus dem Kopf und als er es getan hatte, hatten die Rauchschwaden Amadea auch schon die Sinne geraubt und einige Augenblicke später war Amadea erlöst. Das unbarmherzige Volk hatte das gespenstische Schauspiel mit dem Vogel natürlich mitverfolgt und fühlte sich dadurch in seinem Urteil nur bestätigt.

»Habt ihr ihn gesehen, den schwarzen Vogel?«, rief der Schwarzgekleidete. »Das war ihre Seele! Nun habt ihr den endgültigen Beweis!« Choc, der treue Vogel, flog davon und einige besonders fromme Schäfchen rannten ihm nach. Der Vogel war so erschöpft, dass er sich außerhalb des Dorfes auf einer riesigen Eiche niederließ. Einige Zeit versuchten die Männer noch, ihn mit

Steinen zu treffen, dann gaben sie es auf und gingen.
»Mein Gott, was habe ich getan«, jammerte der Vogel, »meiner sterbenden Kameradin das Auge ausgepickt. Und sie konnte mir nicht einmal mehr sagen, wofür und warum!«
Choc blieb auf der Eiche einen Tag und eine Nacht, dann zog er weiter, irgendwohin, ein neues Leben zu beginnen.

Wochen vergingen. Plötzlich begann auf dem Ast, auf dem Choc gesessen hatte, etwas zu sprießen. Es wuchs und wuchs und es wurde eine Pflanze – ein Kraut, wie es noch nie zuvor jemand gesehen hatte. Dieses Kraut brauchte keine Erde – es wollte dem Himmel nahe sein. Seine Wurzeln umfassten mit festem Griff den Stamm der Eiche, drangen immer tiefer in das Holz und nahmen sich von ihm die Lebenskraft. Noch war das Kraut von den unzähligen Eichenblättern verborgen, aber als das Herbstschiff seine Blattboote einsammelte, bald darauf die Eiche nackt dastand, bemerkten auch die Leute die geheimnisvolle Pflanze, die oben, in den obersten Ästen der Eiche geboren worden war.
Die Leute sahen hinauf zu ihr und sahen, wie sie wuchs, sie sahen die goldgrünen Blätter durch das Grau des Winters scheinen. Sie sahen

die kleinen, weißen Früchte, die dem Frost, dem Schnee trotzten. Auch der Schwarzgekleidete konnte es nicht verhindern: Die Menschen stapften durch Schnee und Kälte hinaus zur Eiche und sahen hinauf zu dem leuchtenden Kraut in den kahlen Zweigen und alle sprachen von einem Wunder!

Zu dieser Zeit kehrte Choc zurück. Der Hunger und die Kälte hatten ihn hierher geführt, in die vertraute Umgebung. Er hoffte, hier leichter Nahrung und Unterschlupf zu finden. Die Drossel flog an der Eiche vorbei, als sie plötzlich die grünen Blätter und die weißen Früchte der geheimnisvollen Pflanze leuchten sah. Choc flog auf den Ast und untersuchte neugierig das unbekannte Kraut. Er sah die Beeren und dachte sich: Entweder sie retten oder sie töten mich. Er fraß eine und sie schmeckte, ja, sie weckte sofort seine Lebensgeister und er aß und aß und begann vor Glück und Freude zu singen.
Durch die graue Kälte hindurch drang das Lied des Vogels bis zu den ersten Häusern des Dorfes. »Eine Drossel, die singt, mitten im tiefsten Winter?« Die Leute liefen neugierig hinaus und sahen Choc auf der Eiche sitzen.
»Seht, dort oben sitzt der Vogel und er frisst die Früchte – dann müssen sie nützlich sein!« Und plötzlich schrie einer auf: »Gott im Himmel!

Erinnert ihr euch nicht? Als wir Amadea, die Hexe, verbrannten, pickte doch eine Drossel ihr das Auge aus dem Kopf. Ich war einer von ihnen, die den Vogel damals verfolgten … bis hierher. Bis zu dieser Eiche. Dort oben, genau auf diesem Ast, wo jetzt das Kraut wächst, saß er. Versteht ihr? Versteht ihr, woher die Pflanze kommt?«

Während diese unglaubliche Geschichte wie ein Lauffeuer durchs Dorf ging, hatte Chocs Gesang auch andere Vögel angelockt und zehn, zwanzig und mehr Vögel saßen schon in der Eiche und fraßen sich an den Früchten des Krautes satt. Die Aufregung im Dorf war unbeschreiblich. Alle sprachen von Amadea und der Schwarzgekleidete konnte es nicht aufhalten: Die Menschen bereuten, was sie getan hatten.

Sie zogen hinaus in den Wald, zu Amadeas Hütte, die nach ihrem Tod niemand mehr betreten hatte, und brachen die Tür auf. Sie fanden alles so, als wäre Amadea gerade eben erst fortgegangen. Auf dem Tisch lag ein Brief, die Tinte glänzte, als wäre sie noch nass, und dort stand geschrieben: *Ich verzeihe euch und als Geschenk hinterlasse ich der Welt ein Kraut, die Mistel. Schneidet die Blätter am sechsten Tag nach Neumond mit einer goldenen Sichel, dann wird sie euch Gutes tun und eure Kräfte vermehren. Hütet euch vor den Beeren, sie gehören meinem Kameraden Choc und allen Vögeln.* *Amadea*

Die Mistel

ist bei allen Kindern bekannt geworden durch den Druiden Miraculix, der sie für seinen Zaubertrank mit einer goldenen Sichel schneidet! Miraculix wird schon wissen, warum. Sie ist wirklich ein faszinierendes Kraut: ein Halbschmarotzer, der ohne einen Wirt, sprich Baum, nicht existieren kann. Ihre weiße Beeren (für Menschen giftig!) sind eine willkommene Winternahrung für Vögel.

Im angelsächsischen Raum werden heute noch Mistelzweige in der Vorweihnachtszeit an die Türen gehängt – es soll Unglück abhalten!

Die Mistel wächst auf Laubbäumen. Wenn das Laub im Herbst abfällt, erkennt man die nestartige Pflanze.

Verwendet werden die beblätterten Zweige. Man sammelt sie in den Wintermonaten. Der klebrige Samen wird durch Vögel verbreitet.

Außer der Vertreibung von bösen Geistern, hat die Mistel auch wirkliche Aufgaben: Tee aus getrockneten Blättern nach schweren Infektionskrankheiten steigert die Abwehrkraft, Mistelsalbe heilt eitrige Wunden. Aus den weißen Früchten wird Vogelleim hergestellt. Damit fängt man in Italien Singvögel – schrecklich!

Ringelblume

Es war eine klare Vollmondnacht. Die kleine Calendula lag wach in ihrem Bett, sie konnte bei Vollmond nie einschlafen. Plötzlich sah sie ein seltsames Licht über den Himmel fliegen – es sah so aus, als wollte es zu ihr kommen. Sie sprang aus dem Bett und stürzte zum Fenster.
»Das gibt's doch nicht«, rief Calendula – hinten, beim Gemüsegarten leuchtete etwas golden und hell. Calendula lief sofort hinaus zu dem Licht. Neben der Pfefferminze wuchs eine Blu-

me, die sah wie die Sonne selbst aus und – Calendula rieb sich den Schlaf aus den Augen – diese Blume strahlte wie helles Mondlicht!
»Du warst doch gestern noch nicht da«, murmelte Calendula. »Nein, gestern warst du noch nicht da.«
Sie kniete neben der Blume nieder und betrachtete sie ganz genau – so was war ihr weder im Kräutergarten noch auf der Wiese jemals untergekommen. Sie rannte ins Haus zurück, holte das Botanikbuch aus der Schultasche und blätterte es von vorn bis hinten durch – nein, diese Pflanze gab es nicht!

»Wie unvorsichtig«, schimpfte die Blumenelfe und kehrte mit einem Kleeblattbesen den Sonnenglitter von den Blüten. »Jetzt habt ihr das arme Kind mit eurem Leuchten ganz schön verwirrt. Übrigens, ich bin euch zugeteilt worden und werde euch von heute an begleiten, ich bin eure Elfe!« Sie setzte sich neben die Blume und blätterte in den Anweisungen, die die Wesen zu jedem neuen Kraut erhalten. »Du bist ja etwas ganz Besonderes«, lachte die Elfe, »und da die kleine Calendula bei deiner Ankunft dabei war, soll sie es sein, die deine Geheimnisse nach und nach erfahren wird. Willkommen auf der Erde!«

Die neue Blume hatte sich rasch im Gemüsegarten vermehrt. »He, nicht so schnell«, meinte die Elfe. »Das nimmt uns ja keiner ab, mit welcher Geschwindigkeit ihr wachst!«
Nun hatten auch schon Calendulas Eltern die seltsame Blume entdeckt und bestaunten sie.
Da man sie nun schon entdeckt hat, wird es Zeit, dem Menschenkind ein paar Tipps zu geben, dachte sich die Elfe und machte sich auf den Weg. Sie schlich zu Calendulas Bett, kletterte auf das Kissen, ganz nah an das Ohr heran.
»Hallo, Calendula«, flüsterte die Elfe, »heute sollst du erfahren, wie deine Pflanze zu dir gekommen ist. Ich werde dir die Geschichte erzählen:
Sie beginnt mit der Schöpfung. Gott hat es sich so ausgedacht, dass er bei der Erschaffung der Pflanzen einmal den Mond und einmal die Sonne bat, ihm zu helfen. Ja, und so ging das eine unendlich lange Zeit dahin, kannst du dir ja vorstellen, bei den Mengen an Blumen, Bäumen und Kräutern. Alle drei waren sie schon recht erschöpft vom vielen Schöpfen und natürlich auch ein bisschen gereizt, denn das Pflanzenmachen war ja eine Arbeit, die sie neben ihrer eigentlichen Tätigkeit zu erledigen hatten. ›Ich würde meinen‹, sagte Gott, ›eine Blume noch, dann lassen wir es bleiben. Wir haben den Menschen nun wirklich genug geschenkt.‹ – ›Gut, noch eine Blume‹, sagte die Sonne. ›Ja,

eine, dann ist es genug‹, sagte der Mond. Und beide begannen gleichzeitig mit der Arbeit. ›Verzeihung‹, lächelte die Sonne, ›aber ich bin an der Reihe. Die letzte Blume gehört mir.‹ – ›Das ist allerdings ein Irrtum‹, antwortete der Mond. ›Es stimmt, Sie wären an der Reihe, aber Sie formten ja das erste Kraut, folglich ist es an mir, das letzte zu schaffen.‹ – ›Also, ich muss schon bitten‹, schimpfte die Sonne.

›Nun hört auf, euch zu streiten‹, fuhr Gott dazwischen. ›Ich verstehe euch beide – ein jeder hat Recht. Jawohl. Deshalb schlage ich vor: Weil es die letzte Blume ist, soll sie auch etwas ganz Besonderes werden. Ihr arbeitet zusammen! Eine Sonne-Mond-Blume, von jedem etwas.‹ –›Hm«, brummte die Sonne. ›Soso‹, überlegte der Mond. ›Also gut‹, willigten beide schließlich ein. ›Wir schenken den Menschen gemeinsam eine Blume‹. Jetzt begann die Sache sogar Spaß zu machen.

›Gut so‹, nickte Gott und war sehr zufrieden!

Ein paar Tage später war das Kraut fertig, und es war wirklich prächtig geworden. ›Das habt ihr gut hingekriegt‹, lobte Gott die beiden Künstler. ›Nun müssen wir uns noch einen hübschen Namen für sie ausdenken.‹

›Wie wär's mit Sond‹, schlug die Sonne vor. ›Oder Moso‹, meinte der Mond.

›Bevor die Streiterei jetzt wieder anfängt, überlassen wir es den Menschen, welchen Namen sie dem neuen Kraut geben werden. Es ist ja jetzt ihres.‹

Noch in derselben Nacht wurde die Blume auf die Erde gebracht und ein Mensch dazu auserwählt, ihre Ankunft zu beobachten, und das warst du, Calendula!«

Die Elfe riss sich ein goldenes Haar vom Kopf und wickelte es Calendula um den Mittelfinger der rechten Hand – eine alte Elfenangewohnheit, wenn sie mit Menschen zu tun haben ...

Als Calendula am nächsten Morgen erwachte, fand sie das Haar und spürte irgendwo in ihrem Herzen, dass letzte Nacht irgendetwas Besonderes mit ihr passiert war.

Ich muss schnell in den Garten laufen, dachte sie, und nachschauen, wie es meiner Sonnemondblume geht. Tja, so arbeiten Elfen ...

Ein paar Tage später kam ein Mann zu Besuch und erzählte von einer schlimmen Wunde, die nicht heilen wollte. »Ich war schon beim Arzt, aber der weiß nicht mehr, was er tun soll!«

In dieser Nacht erschien die Elfe wieder neben Calendulas Ohr: »Hallo, Calendula, ich bin wieder da und möchte dir von unserer Blume erzählen. Sie ist euch für Tees und Salben geschenkt worden. Du weißt ja, Sonne und Mond haben ihr besondere Kräfte verliehen. Wenn sich Wunden öffnen, alles Schlechte herauswill, dann hilft eine Salbe dieser Blume. Der Mond ersetzt die kranken, kaputten Steine des Menschenhauses durch neue Steine und die Sonne gibt ihm dazu den Plan. Schlaf gut, Calendula, bis morgen.« Noch ein Elfenhaar, das Kind drehte sich um und träumte weiter von seiner Puppe …

»Mama«, sagte Calendula beim Frühstück, »wir können dem Mann doch eine Salbe aus meiner Blume machen.«
»Welchem Mann? Was für eine Blume?«
»Der Mann von gestern mit der Wunde. Und unsere neue Blume, du weißt doch, die im Gemüsegarten wächst.«
Die Mutter musste über Calendulas Fantasie lachen. Sie dachte sich jedoch, warum nicht, vielleicht hilft es, pflückte die Blüten und rührte eine Salbe daraus. Dann schickte die gute Frau ihre Tochter zu dem kranken Mann, ihm die Salbe zu bringen. »Ihr müsst sie dick auf die Wunde auftragen«, sagte das Kind. »Ja, Frau Doktor«, antwortete der Mann, »wenn es hilft, bekommst du einen Groschen!«
Sechs Tage später kam der Mann. Aber er brachte keinen Groschen mit, sondern das halbe Dorf. »Ein Wunder, liebe Frau, Eure Tochter hat ein Wunder vollbracht. Seht euch mein Bein an –

gesund!« Alle marschierten nun in den Gemüsegarten und bestaunten die Blume.
»Wie heißt sie?«, fragten die Leute. »Sie hat noch keinen Namen«, sagte Calendula ein bisschen traurig. »Dann bin ich dafür, sie Calendula zu nennen!«, sagte der Mann.
»Bravo«, rief Gott, »das gefällt mir!«

Die Ringelblume

wirkt wie ein Abbild der Sonne. Deshalb verwenden Hindus sie auch als Schmuck für Tempelaltäre. Goldblume wird sie genannt wegen ihrer Farbenpracht, Totenblume, weil sie eine beliebte Grabblume ist, und Regenblume, weil sie bei heranziehendem Regen die Blütenblätter nicht öffnet.

Ihr Ursprung ist Indien, kultiviert kommt sie heute in ganz Europa vor.

Die Ringelblume blüht von Juni bis Oktober. Die Blütenköpfe werden vorsichtig abgezupft und an schattiger Stelle getrocknet.

Verwendet wird die Blüte vor allem zur Herstellung von Salben, als Tee und auch für Alkoholauszüge.

Die Heilkraft der Ringelblume ist unbestritten. Sie wirkt krampflösend, hilft bei frischen Wunden, unterstützt als Tee bei Gelbsucht und wird auch als Würze und Färbemittel für Speisen verwendet.

Typisch Mond: »Schneidst knapp vor Mond du das Kraut ins Fass, wird davon alles in der Umgebung nass!« Das heißt, das Sauerkraut wird so gut gedeihen, dass das Fass überläuft!

Salbei

Wer würde es sich nicht wünschen, ewig zu leben? Niemals auf Augenblicke, traurige oder schöne, verzichten müssen – bis in alle Ewigkeit. Aber sind wir froh, dass es nur Einen gibt, der das erleben darf, und sind wir froh, dass Er es so eingerichtet hat, dass eine Spur von uns in der nächsten Generation weiterlebt und Seinen Geschichten lauschen darf – bis in alle Ewigkeit.

In einem entlegenen Tal lebte eine Bauernfamilie, die schien einen Jungbrunnen gefunden zu haben: »Krankheiten kennen wir nicht«, sagten sie, »und Alter – was ist das!« Dieses Wunder konnte natürlich nicht ewig in dem entlegenen Tal verborgen bleiben und eines Tages war die geheimnisvolle Geschichte auch beim König angelangt.
Der König war ein ausgefressener Vierzigjähriger, der nur das leichte Leben im Sinn hatte: saufen und rauchen, küssen und Karten spielen, fressen und schlafen. Als er von den hundertjährigen Bauern im letzten Zipfel seines Reiches hörte, sandte er königliche Berichterstatter dorthin, diese seltsame Geschichte zu prüfen.
Nach einigen Wochen fand sich der gesamte Hofstaat im Prunksaal ein, um dem Bericht zu lauschen:
»Als wir das entlegene Tal erreichten, kam uns ein Mann auf einem Stier entgegengeritten. Neben ihm rannte eine Frau. Es waren die Urururgroßeltern des Jungbauern. Als ich ihn fragte, ob er nicht mehr gehen könne, wegen des Alters, lachte er lauthals: ›Junger Mann, ich hab mir gestern beim Fußball spielen den Knöchel verstaucht!‹ – ›Ja, du musst immer übertreiben, in deinem Alter spielt man nicht mehr den Stürmer!‹, schimpfte seine Frau. ›Fast hätten wir jetzt wegen deiner Spielerei die Kirchweih im

Dorf verpasst. Wissen Sie, sagte die Frau zu mir, das wäre wirklich schlimm gewesen. Das letzte Mal hatten wir sie vor hundertdrei Jahren ...‹ – ›Nein, vor hundertvier Jahren‹, rief der Mann dazwischen. – ›Also gut, vor hundertvier Jahren versäumt. Heute kann der sture Schädel zur Strafe eben nur auf einem Bein Tango tanzen!‹ Beide lachten schallend, ritten und liefen weiter und ließen mich stehen.«
»Aber, aber – das gibt's doch nicht ...«, stotterte der König.
»Hört weiter«, sagte der Berichterstatter, »wir kamen zum Hof. Auf einer hohen Leiter stand eine Frau und reparierte das Dach. ›Ururomi, komm mal runter, es ist Besuch da‹, rief ein Mann, der drei Zementsäcke auf dem Rücken trug, uns im Vorbeigehen die Hand schüttelte und sich als Ururopa vorstellte. ›Gehen Sie inzwischen zu meiner Enkelin‹, sagte er und zeigte auf eine andere Frau, die gerade ihr Baby stillte – es musste also die Großmutter des Jungbauern sein.«
»Ihr ... Baby«, hauchte der König und war schneeweiß im Gesicht geworden.
»Ja, ihr Baby. Der Vater des Kindes, also der Großvater, bog Eisenstangen zurecht und sah aus wie dreißig. Die Jungbauern konnte ich aus den Jugendlichen und Kindern, die auf dem Hof herumliefen, nicht herauskennen. Nach eingehen-

der Befragung berichtete man mir von hundertdreizehn Ururenkeln. Nur ein kleiner Teil davon lebt auf dem Hof, aber einmal in der Woche kommen alle Kinder nach Hause und holen sich ihre Portion ab.«
»Was für eine Portion?«, rief der König mit apfelrotem Kopf. »So sprecht doch schon!« – »Mein König, zuerst wollten die Leute nicht mit ihrem Geheimnis herausrücken – ich musste sie ermahnen, mit königlicher Macht drohen, dann führten sie mich in den Kräutergarten …« – »Wohin? In den Kräutergarten?«, fragte der König ungläubig. »Sie führten mich zu einem Kraut, das sie Königssalbei nannten.« – »Königssalbei? Was habe ich mit diesem Kraut zu tun?« – »Sie sagten, dies sei das Kraut, das für ihre Gesundheit verantwortlich sei. Sie sagten, das letzte Mal sei der Urgroßvater vor sechsundsiebzig Jahren krank gewesen. Er hatte damals in der Nacht siebenmal gehustet.« – »Siebenmal … gehustet. Siebenmal, das ist allerdings bedenklich!«, schrie der König und bekam einen solchen Hustenanfall, dass sich sofort seine Haus- und Leibärzte auf ihn stürzten und ihm einige Mittelchen einflößten. Als er wieder ansprechbar war, setzte sich der König die Krone auf, schwang das Zepter und sprach: »Hiermit bestimme ich, dass dem König zu geben ist, was des Königs ist. Dieser Monsterfamilie ist es ab

sofort bei strengster Strafe untersagt, auch nur ein Blättchen meines Krautes in Besitz zu nehmen. Der Königssalbei steht ab sofort nur noch dem zu, für den er wächst – und das bin ich!«
Zwei Soldaten der königlichen Leibwache wurden vor dem Kräutergärtlein postiert, um Diebstähle zu vermeiden, und ein ganzer Stab von Bediensteten war damit beschäftigt, auf möglichst raschem Weg die graugrünen, filzigen Blättchen des Salbeis stets frisch in den Palast zu bringen.
Der König machte sich sogleich an eine Verjüngungs- und Gesundheitskur. Er trank Salbeitee in Mengen, aß Salbeischnitzel zu Mittag, und vor dem Zu-Bett-Gehen bekam er noch einen Salbei-Ganzkörperwickel. Dieses Kraut, so dachte der König, ermögliche ihm ein noch herrlicheres Leben als bisher – der Wein floss in Strömen, die Tische bogen sich und von allen Vergnügungen dieser Welt wurde gekostet.
Einige Wochen später hatte sich der königliche Palast in eine Krankenanstalt verwandelt. Es gab kaum jemanden, der nicht über Magen-, Leber-, Darmbeschwerden oder sonstige Schmerzen klagte. Am schlimmsten erging es dem König, der von allem am meisten genossen und nun am schlimmsten zu leiden hatte.
»Diese Bauern haben uns reingelegt«, stöhnte er, »von einem Wundermittel keine Spur! Schaut

mich an, in sieben Wochen um zwanzig Jahre älter geworden – das ist ein Wunder! Wahrscheinlich gibt es irgendeinen verdammten Zauber, den sie uns nicht verraten haben.«
Zu allem Unglück kam auch noch der Berichterstatter mit einer fürchterlichen Meldung: »Majestät, wie wir soeben erfahren haben, ist die Ururgroßmutter im Alter von hundertsiebenundfünfzig Jahren verstorben.«
»Aha«, schrie der König vergnügt auf und fühlte sich gleich besser. »Das ist der Beweis. Es ist doch ein Wundermittel: keinen Salbei mehr, sterben sie weg wie die Fliegen!«
»Nun, äh, da gibt es noch eine Zusatzmeldung.«
»Eine Zusatzmeldung? Lies vor«, sagte der König und stopfte sich zwei Hand voll frische Salbeiblätter in den Mund.
»Sie besagt, dass die Ururgroßmutter bei dem Versuch verschieden ist, von der Spitze unseres höchsten Berges ein bestimmtes Kraut zu holen. Sie jagte dabei einer Gämse nach, die sie ihrem Mann zum Geschenk machen wollte, und wurde im Kampf von dieser in die Tiefe gestoßen.«
Der König stürzte auch in die Tiefe: In eine tiefe Ohnmacht. Die Ärzte kämpften um sein Leben und noch einmal schlug er die Augen auf und röchelte: »Holt mir den Ururgroßvater, schnell.«
Als der Alte am Bett des Königs stand, hätte man

meinen können, der Enkel besuche seinen Opa. »Alter, höre«, stöhnte der König, »bevor ich sterbe, will ich das Geheimnis wissen, hörst du, euer verfluchtes Geheimnis.«

»Mein König, ich will es Euch verraten. Sagt, habt Ihr schon einmal einen Apfel gegessen?« – »Natürlich.« – »Und habt Ihr den Baum gesehen, auf dem dieser Apfel gewachsen war?« – »Natürlich nicht.«

»Sagt, habt Ihr Wein getrunken?« – »Natürlich.« – »Und habt Ihr jemals eine Weinrebe geschnitten, eine Traube gepflückt, miterlebt, wie aus der Traube langsam der Wein entsteht?« – »Natürlich nicht.«

»Und sagt, habt Ihr Brot gegessen?« – »Natürlich.« – »Habt Ihr dabei an das Getreidekorn gedacht?« – »Natürlich nicht.«

»Seht, Majestät, das ist das Geheimnis: In unserem Salbei steckt alles drinnen, alles: die Erde, die Sonne, Regen, unsere Hände, unsere Liebe – mit seinem Tee trinken wir die ganze Geschichte. Euer Salbei ist nur seine Hülle – auf dem Weg zu Euch verliert er seinen wahren Inhalt.«

Der Ururgroßvater drehte sich um und ging. Er ging zurück in sein entlegenes Tal und hörte nie mehr etwas von seinem König aus dem fernen Palast.

Der Salbei

dient dem Arzt, dem Koch, den Armen und den Reichen« – dieser alte Ausspruch gilt auch heute noch! Im frühen Mittelalter neigte man gern zu Übertreibungen und so wurden dem Salbei wahrlich Wunderkräfte zugeschrieben: »Warum sollte der Mensch sterben, wenn er Salbei im Garten hat?« Darauf antworteten die Ärzte: »Gegen den Tod ist kein Kraut gewachsen!«

Der Salbei ist auch ein Kraut der Mittelmeerländer. Wenn ihr ihn bei eurem nächsten Urlaub suchen wollt: Er liebt felsige, trockene, sonnige Stellen.

Blütezeit ist von Juli bis August. Die Blätter (grau und filzig) sollte man ernten, bevor sich die Blüten öffnen.

Salbei schmeckt stark würzig und riecht nach Kampfer.

Am bekanntesten ist sicher seine Wirkung auf Atemwege und Brust bei Husten und Halsschmerzen. Er hemmt Entzündungen, wirkt blutreinigend und belebend wie eine Tasse Kaffee – nur viel gesünder! Außerdem: »Salbei im Mund gekäut, macht guten Atem!«

Spitzwegerich

Das Erste, was der Spitzwegerich sah, als er einen Blattfinger aus der Erde streckte, war die Sonne. Sie streckte ihm ihre Strahlen entgegen und zog ihn empor. Der Spitzwegerich dachte, wie gut und schön muss diese Welt sein, die ihm eine Sonne schenkt – und er dachte, die große, strahlende, heiße Sonne sei nur für ihn da. So wuchs er ihr entgegen. Nach einiger Zeit kam sein Pflanzenwesen und lehrte ihn seine Aufgaben. Oh, es gab viele Aufgaben:

Erde, Wasser und Sonne gaben ihm ganz besondere Kräfte und er verwandelte sie in seine einzigartige Kraft, die Kraft des Spitzwegerichs.
»Wesen«, fragte er, »kann ich Erde werden?«
»Du wirst es später mal werden«, lächelte das Wesen.
»Kann ich Wasser werden?«
»Du bist es schon! Du bestehst zu einem großen Teil daraus.«
»Und, Wesen, kann ich Sonne werden?«
»Was du für Fragen stellst! Nein, das kannst du nicht, Du würdest verbrennen.« Der Spitzwegerich dachte lange nach – so stark also war die Sonne, dass sie ihn, den starken Spitzwegerich, glatt verbrennen würde. »Wesen«, sagte er nach einiger Zeit, »ich habe es mir gut überlegt – ich möchte Sonne werden! Dann könnte ich der ganzen Welt Kraft und Wärme und Licht schenken.« Das Wesen lachte, solche Fragen und solche Wünsche hatte sie von einem Kraut noch nie gehört. »Du solltest mit der Aufgabe, die Gott dir gegeben hat, zufrieden sein.«
»Ach, welche Aufgabe«, seufzte das Kraut. »Allein Sonne zu sein kann doch wirklich glücklich machen.«
»Nun, wenn du das glaubst, gut, dann will ich dich in die Sonne verwandeln!« – Kaum hatte das Wesen es ausgesprochen, war der Spitzwegerich Sonne! Er wanderte am Himmel entlang,

sandte seine Strahlen zu allem Lebendigen und alles Lebendige strebte ihm entgegen. »Oh, ich bin ja so glücklich, dies ist wahrlich die allerhöchste Aufgabe – Sonne zu sein.« Ein paar Tage gefiel es ihm prächtig, dann aber tat es ihm Leid, dass seine Nachbarn links und rechts des Weges, die Bienen, die ihn besuchen gekommen waren, der alte, morsche Holzzaun, mit dem er ab und zu nette Gespräche gehabt hatte, dass sie alle nicht ahnten, dass er, der unscheinbare Spitzwegerich, nun die Sonne war. Sie konnten ihm ja nicht ins Auge blicken, er blendete so stark.

Irgendwann entdeckte er im Garten, nicht weit von der Stelle, wo er früher gelebt hatte, eine wunderschöne Blume. Sie war von solcher Schönheit, wie er es noch nie zuvor gesehen hatte. Bienen und Fliegen umschwirrten sie und der ganze Garten sah bewundernd zu ihr auf.

»Wie heißt du denn?«, fragte der Spitzwegerich, der nun Sonne war.

»Sonnenblume – weil ich dein Ebenbild auf Erden bin!«

»Sonnenblume!«, rief das Kraut entzückt. »Ja, gibt es denn Besseres, als Sonnenblume zu sein? Tochter der Sonne, Sohn der Erde, wunderschön, jedoch ohne zu blenden. Wie gütig du bist, Blume, lässt alle an deiner Schönheit teil-

haben. Oh, ich will nichts anderes als Sonnenblume sein!«
»Dein Wunsch soll erfüllt werden!«, sagte das Wesen und schon war der Spitzwegerich die schönste Sonnenblume, die es je auf der Erde gegeben hatte. Alle reckten ihre Köpfe nach ihr und bewunderten sie.
»Oh, ich bin ja so glücklich, das ist wahrlich das höchste Glück – die Sonne auf Erden zu sein! Was soll es Besseres geben!«
Dies hörte ein Vogel und ärgerte sich über den Hochmut der Pflanze. Er flog zu ihr und pickte ein paar ihrer Samen aus der Blüte.
»Was tust du?«, rief die Sonnenblume entsetzt. »Du zerstörst meine Schönheit!«
»Blume, was ist deine Schönheit gegen meine Kraft. Du kannst nichts weiter als schön sein – was dir das nützt, siehst du ja. Du bist nichts als ein paar Sonnenblumenkerne zum Essen für mich, damit ich herumfliegen und mir die Welt ansehen kann. Du siehst – ich bin mächtig!«
Der Spitzwegerich, der Sonnenblume war, dachte lange nach: Ja, er war fest verwurzelt, durfte sehen, was in seinem Garten passierte, während dieser Vogel die ganze Welt entdeckte. Und der Vogel musste wirklich sehr mächtig sein, wenn er selbst die Sonnenblume zum Untertan machen und sie aufessen konnte.

So sprach der Spitzwegerich: »Ich möchte Vogel werden!«
Und wieder erfüllte das Pflanzenwesen den Wunsch des Krautes und verwandelte es in einen Vogel.
»Wie dumm ich doch war«, lachte der Spitzwegerich, der nun Vogel war, »dass ich nicht gleich erkannte, was das Allerherrlichste ist: Vogel zu sein!«
Der Spitzwegerich flog hoch in den Himmel, er fraß, was ihm zwischen den Schnabel kam, er sang und er war glücklich wie noch nie zuvor in seinem Leben.
Als er eines Tages durch die Lüfte jagte, wurde es plötzlich, ohne jede Vorwarnung, dunkel um ihn, er schlug wild mit seinen Flügeln, kam aber nicht von der Stelle. Zuerst dachte er, der Himmel sei eingestürzt, doch dann hob sich der Himmel, eine feste Menschenhand packte ihn und holte ihn aus dem Netz. »Was für ein süßer Vogel«, lachte eine Stimme. »Der wird sich gut machen im Käfig!« Und der Spitzwegerich, der Vogel war, wurde in einen eisernen Käfig gesteckt. Traurig und niedergeschlagen saß er nun auf einer Stange und seine Welt war ein kleines, dunkles Zimmer. Konnte nicht mehr fliegen, bekam sein Essen durch ein Türchen zugeschoben, wollte sich an nichts mehr erfreuen.
Alles, was es zu tun gab, war, den Menschen

zuzusehen. Er sah sie sprechen. Er hörte sie singen – eine Musik, die ihm noch viel schöner erschien als seine eintönigen Lieder. Er sah sie tanzen und schreien, küssen und herumtollen. Und – sie waren frei.
Was für ein Leben, dachte er. »Mensch zu sein, das ist das wahre Glück! Wesen, wenn du mich hörst: Lass mich Mensch werden!«
Und schon war der Spitzwegerich, nachdem er Sonne, Blume, Vogel gewesen war, Mensch! Nun konnte er tanzen, lachen, weinen. Er konnte anderen die Freiheit rauben und sie wieder schenken. Er konnte Blumen wachsen lassen und sie wieder brechen. Er konnte sogar der Sonne ins Auge sehen oder sie aus seinem Haus vertreiben. Ja, der Mensch war eindeutig das mächtigste Wesen auf Gottes Erde!
Die nächsten Wochen waren die glücklichsten, die der Spitzwegerich je erlebt hatte: sein Leben als Mensch. Bis er eines Tages ein seltsames Ziehen in der Brust spürte und ein heftiger Husten begann. Bald konnte er sein Bett nicht mehr verlassen, sah keine Sonne mehr und es gab kein Lachen kein Tanzen, und kein Essen schmeckte mehr – eine schlimme Krankheit saß an seinem Bett und hatte den mächtigen Menschen niedergestreckt. »Es steht schlecht um ihn«, sagte der Arzt. »Wenn wir nicht bald die rechte Medizin für ihn finden, gibt es keine Hoffnung.«

Da erschien am Bett des Spitzwegerichs, der Mensch war, eine Kräuterfrau, sah ihn fiebern und husten. »Es gibt ein Kraut, das deine Krankheit besiegen und dich wieder gesund machen kann. Es ist eine wunderbare, kräftige Pflanze, ein wahres Geschenk des Himmels. Und sie wächst neben deinem Haus, ich habe sie dort gesehen.«

»Wie heißt dieses besondere Kraut?«, fragte der Mensch mit schwacher Stimme.

»Spitzwegerich«, sagte die Frau, »Spitzwegerich.«

Der Spitzwegerich

ist eine sehr alte Heilpflanze, die auf der ganzen Welt verbreitet ist. Das »Spitz« verweist auf seine Blattform (im Gegensatz zum Breiten oder Mittleren Wegerich), das »Wegerich« auf den Ort, wo er sich am liebsten aufhält. Sein botanischer Name »Plantago« bedeutet »Fußsohlenkraut«. In der Sprache der Indianer heißt er übrigens »Fußtritt des weißen Mannes« – warum wohl?

Er wächst auf Wiesen und Grasflächen, auf Schuttplätzen und natürlich an Wegesrändern.

Gesammelt werden die Blätter von Juni bis September. Beim Trocknen muss man darauf achten, dass die Blätter nicht gedrückt werden – das vermindert ihre Kräfte.

Spitzwegerich schmeckt bitter und herb.

Spitzwegerichtee oder -sirup ist ein altbewährtes Mittel bei Husten. Außerdem ist er allgemein entzündungshemmend und hat eine leichte antibiotische Wirkung (durch den Stoff Aucubin nach Zuckerabspaltung – alles klar?!). Früher glaubte man deshalb auch fest daran, dass er Bisswunden und Stiche von Schlangen, Skorpionen und anderen wilden Tieren heilt.

Thymian

Der Aitz, irgendwann von irgendwoher ins Schwarzautal gekommen, war seit der Geschichte mit dem Tausendguldenkraut (siehe »Kräutermärchen«) ein anderer geworden. Er war kein Wüstling mehr, der derb und grob nach den Mädchen griff, kein Trunkenbold mehr, der jede Nacht besoffen ins Bett fiel, er war leise und bescheiden und statt an Geld dachte er nur noch an Kräuter. Ja, er vertiefte sich so darin, dass er nach nicht allzu langer

Zeit ein wirklicher Kräuterkundiger geworden war. So einer, der mit feiner Nase bestimmte Gerüche aufstöbert, die Kräuter mit sorgsamer Hand schneidet und mit wachem Auge die unzähligen Wesen des Waldes entdeckt. Diese Wesen waren es auch, die ihn in die Geheimnisse der Kräuter einweihten.
Im Dorf war es üblich geworden, bei irgendwelchen Wehwehchen oder Problemchen zuerst zum Aitz in den Wald zu gehen, um Hilfe und Rat bei ihm zu suchen. Er nahm sich viel Zeit für jeden, deshalb ging es rund um seine Hütte immer zu wie auf dem Jahrmarkt – und das Wartezimmer des Arztes war leer ...
Der Aitz hatte einen Patienten, der fast täglich zu ihm kam: die Duxer Anna. Ja, genau die, die er mit dem Stierritt von der Krätze geheilt hatte. Sie interessierte sich für alles, was mit Kräutern zu tun hatte, und schleppte nach jedem Besuch ganze Taschen voll mit Pflanzen nach Hause.
Einmal fragte sie den Aitz, ob er denn nicht ein Kräutl kenne für ... sie druckste herum und stotterte: »Ich ... weißt du ... Ich bin verliebt, aber er weiß es noch nicht. Und ich trau mich nicht, es ihm zu sagen.«
»Schwierig, schwierig«, sagte der Aitz, »da gibt's vieles und doch weniges, was wirklich Erfolg bringt. Und vor allem, ich müsste mehr über

IHN wissen. Ist er ein starker Mann?« – »Zu stark. Sein Herz ist von zu vielen Muskeln umgeben – er spürt es wahrscheinlich gar nicht.« – »Schaut er anderen Frauen nach?« – »O ja und wie!« – »Und wie steht es mit dem Appetit?« – »Was, aufs Küssen oder aufs Essen?« – Der Aitz wurde rot. »Aufs Essen natürlich.« – »Weiß ich nicht. Wenn du das andere meinst – ja.« – »Vielleicht habe ich etwas für dich. Komm morgen wieder, ich werde das Kraut inzwischen suchen.«
Am nächsten Tag hatte der Aitz für die Anna wirklich ein Kraut bereit. »Ich glaube, das ist das Richtige für dich«, sagte er. »Der Thymian hat es in sich. Du musst mir nur noch ein bisschen mehr von seinen Gewohnheiten erzählen, damit wir das Kraut richtig anwenden können. Wenn wir diesen faden Kerl erst einmal so weit haben, dass er sich für dich interessiert, werden wir ihn mit Hilfe des Thymians schon dorthin kriegen, wo du ihn haben willst.«
»Er wäscht sich wenig und wechselt nur einmal in der Woche seine Unterhose.« – »Du meinst, er stinkt!« – »Er soll mir im Haushalt helfen.« – »Der arme Kerl.« – »Er darf ruhig weinen, wenn ihm danach ist.« – »Du bist nicht gerade bescheiden, der Bursche wird es nicht leicht haben bei dir.« – »Er muss mir treu sein und darf keine andere anschauen.« – »Wird er sowieso nicht können, wenn er zu Hause eingesperrt ist.«

Nun wartete die Duxer Anna auf einen guten Rat des Aitz.
»Höre, Duxerin, dein Herzblatt tut mir inzwischen richtig Leid, aber ich habe es dir versprochen und ich werde es auch halten. Gott hat uns auch für solche Fälle ein Kräutl geschenkt und er wird schon gewusst haben, warum. Pass auf: Aus den Thymianblättern kochst du ihm einen Tee – der wirkt krampflösend und appetitanregend und macht locker. Wenn er Herzklopfen hat, musst du ihm Thymianöl einflößen. Um die inneren Glieder zu stärken, setze einen Thymianwein an. Wenn du ihn schon so weit hast, dass er in ein Bad steigt, kippe heimlich einen starken Thymianaufguss dazu – das wird ihn stärken und ihm Mut machen. Und hast du ihn schließlich so weit, dass er dir zum Traualtar folgt, lege einen Thymianzweig in deine und in seine Schuhe. Zwanzig Schritte vor dem Altar beginne zu sagen: Ich bet', ich tret' auf Thymian, schau du mir keine andre an!«
Die Duxer Anna hatte alles fein säuberlich aufgeschrieben, nahm das Kraut, bedankte sich und rannte nach Hause.
»In der Haut dieses Burschen möchte ich nicht stecken!«, rief ihr der Aitz nach, aber sie hörte nichts mehr, hörte nichts mehr!
An einem Morgen, es waren sieben Tage nach dem Gespräch mit der Duxer Anna vergangen,

erwachte der Aitz von einem seltsamen Stimmengewirr. »Ist die Pest ausgebrochen, dass sie alle gleichzeitig was von mir wollen?«, murmelte er, sprang aus dem Bett, riss die Hüttentür auf und stieß einen entsetzten Schrei aus – er musste sich die Augen reiben, um zu glauben, was er sah: Das ganze Dorf war versammelt, im Sonntagsgewand, der Bürgermeister und der Pfarrer standen vor einer großen Schachtel und die Duxer Anna lauerte neben der Tür in einem blütenweißen Kleid, das aussah wie eines, das man bei Hochzeiten trägt. »HOCHZEIT?!«, zuckte es durch den Kopf des Aitz. Bevor jedoch dieser Gedanke vom Hirn den Auftrag bekommen konnte, in die Beine zu fahren und zu rennen, hatte die Duxerin den Aitz schon unter den Arm genommen und ihn in Richtung Schachtelaltar gezerrt. Durch das Stimmengewirr der johlenden Schwarzauer hindurch hörte er neben sich plötzlich eine leise, monotone Stimme: »Ich bet', ich tret' auf Thymian, schau du mir keine andre an. Ich bet', ich tret' auf Thymian ...«

Der Thymian

Wer im Sommer schon mal durch Südfrankreich gefahren ist, wird ahnen können, warum »Thymos« Mut und Kraft bedeutet! Der Anblick tiefblauer Wiesen und der stark würzige Geruch lassen einen vor Glück wirklich jauchzen! Im Mittelalter bekamen Ritter, bevor sie in den Krieg zogen, Thymiansträußchen ins Kleid gesteckt und die Ägypter verwendeten ihn zum Einbalsamieren ihrer Toten.

Thymian und Südfrankreich – das gehört zusammen. Du kannst dir also ein Stück Ausland in deinen Kräutergarten holen!

Ausgesät wird der Thymian von Februar bis April. Von Mai bis Oktober blüht er (traumhaft) und kurz vor der Blüte sollten die Blätter geschnitten werden. Für Heilzwecke wird das blühende Kraut, als Gewürz werden die Blätter verwendet.

Herbes de Provence – eine fast unentbehrliche Gewürzmischung für die gute Küche! Hauptbestandteil: Thymian – stark würzig!

Er kräftigt, stimuliert, ist appetitanregend, krampflösend, desodorierend – Wahnsinn! Bei Husten hilft Thymianöl, bei heranziehender Grippe ein Thymianbad, er ist eine Lieblingsspeise der Bienen und der Thymianwein wärmt und stärkt »alle inneren Glieder« – was für ein Kraut!

Ysop

Als die Turmuhr des Klosters ein Uhr schlug, verließ eine vermummte Gestalt das Osttor und lief durch das Tal auf den Berghang zu. Es war eine dunkle Nacht, Neumond, kein Laut war zu hören – bis auf die eiligen Schritte im Feld. Plötzlich flammte in einer Felsnische ein Licht auf, wurde immer stärker und heller, und auf dieses Licht lief der Mensch jetzt zu.
»Du hast meine Botschaft erhalten« sagte eine Stimme.

»Bei allen Heiligen, wer bist du?«, fragte die dunkle Gestalt.
»Mönch, unsere Geschichte würdest du in alten, sehr alten Schriften deines Klosters finden. Doch ich glaube nicht, dass man dir erlauben würde, in diesen Büchern zu lesen. Ich bin ein Pflanzenwesen. Jedes Kraut, das von Gott auf die Erde gesandt wurde, um zu helfen, und sei es nur durch seine Schönheit, besitzt ein solches Wesen. Es können Elfen für Sonnengewächse sein, wie ich eine bin, oder Alraune für Mondgewächse. Auch Boskabauter, die Boten der Liebe, besitzen Pflanzenkräfte und die Giftpflanzen unterstehen den Trollen.« – »Elfen, Boskabauter, Trolle! Träume ich oder was ist los mit mir?«, murmelte der Mönch. »Besondere Menschen können in besonderen Fällen mit uns Kontakt aufnehmen. Hexen, Aitze, Priester, aber auch jeder gewöhnliche Bauer, wenn er über Kräuterwissen verfügt.« – »Aber wieso hast du gerade mir eine Botschaft zukommen lassen? Ich weiß doch nichts von euch.« Die Elfe lächelte: »Das glaubt nur dein Gehirn, dein Herz ist eingeweiht! Erinnerst du dich an deine Träume? Oder wenn du mit deinen Pflanzen sprichst?« – »Aber das ist doch nur so – ohne nachzudenken ...« – »Siehst du, Mönch, das ist es: Du handelst, ohne daran zu glauben. Deshalb habe ich dich zu mir gerufen, damit dein Glaube an Gott alle, wirk-

lich alle Geschöpfe einschließt. Du gehörst jetzt auch zu dem Kreis von Wissenden, von heute an wird dir jedes Wesen mit Rat und Tat zur Seite stehen.«

Es war eine dunkle Nacht, Neumond, kein Laut war zu hören. Nur das Herz des Mönchs, sein Atem, sein Schlucken dröhnte in seinen Ohren. Jetzt erinnerte er sich auch daran, wie er von Kräutern und deren Wirkung geträumt hatte, wie er sich am nächsten Morgen auf die Suche gemacht, das Kraut gefunden und mit ihm gesprochen hatte.

»Höre, Mönch«, riss ihn die Elfe aus seinen Gedanken, »hier ist ein Geschenk. Es ist ein Kraut, ein heiliges Kraut, das einen wichtigen Platz in deinem Kräutergarten braucht. Ich werde dir seine Zauberkraft nicht verraten, du wirst sie selbst bald erfahren.« Die Elfe reichte ihm einen kleinen Strauch mit blauen Blüten und schmalen Blättern. »Das ist der Ysop. Er wird nicht nur dir die Augen öffnen ...«

Der Mönch nahm das Kraut und in dem Augenblick, als er es berührte, war die leuchtende Gestalt verschwunden. Er verbarg die Pflanze unter seinem Umhang und rannte zurück ins Kloster. Als er durch das Osttor huschte, schlug es von der Turmuhr gerade ein Uhr ...

Es war Sonntag, die Mönche hatten sich zum Gottesdienst versammelt, die Kirche war voll mit den Bauern der Umgebung. Als der Priester mit dem Weihwasserkessel durch die Gemeinde gehen wollte, sie zu segnen, bemerkte er, dass der Sprengwedel nicht da war. »Der Wedel«, zischte er seinen Brüdern zu, aber der war nicht aufzufinden. Da erinnerte sich plötzlich der Bruder Gärtner, dass er in seiner Kutte einen Zweig des Ysops trug. Er zog ihn hervor und überreichte ihn dem Priester. »Was soll ich damit?«, fragte dieser. – »Besser als mit den Fingern«, lächelte der Mönch, »probier es.«
So schritt der Pfarrer durch die Gemeinde und segnete sie mit Hilfe des Ysops. Und dann geschah es: Es war nicht zu sehen und nicht zu hören, aber die Bauern, die Mönche, der Priester, alle spürten es. Irgendetwas Unaussprechliches schwebte plötzlich im Raum – so stark, dass es den Anwesenden fast den Atem nahm. Obwohl es keiner aussprach, wussten es alle: Das Zentrum dieser Kraft war der Sprengwedel, der Ysop, der unaufhaltsam vom Priester geschwenkt wurde, immer wieder, immer wieder – bis der Geistliche endlich innehielt und sich verwundert umsah, als wäre er aus einem Traum erwacht. So erging es auch allen anderen – sie spürten eine solche Wärme in sich, dass sie diese Wärme irgendwie befreien mussten: Die

Bauern, Männer und Frauen, die Mönche, der Priester, sie alle lagen sich plötzlich in den Armen und lachten und weinten und wussten, obwohl es niemand aussprach, dass sie soeben einen ganz besonderen Moment erlebt hatten.

Einer der Bauern kam nach dem Gottesdienst zum Priester und sagte: »Ihr wisst, meine Frau ist krank, sehr krank. Ich dachte, ich bringe ihr den Sprengwedel, das Kraut, und hänge ihn bei ihr auf.«
Der Priester gab ihm das Kraut und der Mann befestigte es über dem Bett seiner kranken Frau. Er glaubte daran, dass der Ysop helfen würde. Er glaubte, dass der wunderbare Moment, den er in der Kirche erlebt hatte, sich zu Hause wiederholen würde. Er glaubte an die Kraft des Ysops und so begann seine Frau auch daran zu glauben.
Und sie wurde gesund. War es nun der Glaube oder der Ysop oder – was war es?

Der Ysop

Irgendwie klingt ja sein Name schon heilig, – nicht umsonst nennt ihn das Volk Kirchenseppli oder Klosterysop. Christliche Geistliche verwendeten ihn als Sprengwedel für Weihwasser und in Lamaklöstern hängte man Ysopbüschel an die Wände, um Krankheiten fern zu halten.

Seine Heimat liegt in den arabischen Ländern und in Südosteuropa. Er braucht viel Sonne.

Ysop blüht von Juli bis September. Verwendet wird das ganze Kraut (dunkelgrüne Blätter und blauviolette Blüten).

Er duftet stark aromatisch und schmeckt würzig, leicht bitter und sein Aroma erinnert ein bisschen an Minze.

Der Ysop hilft dir nach einem schweren Essen oder wenn du in der Nacht heftig schwitzt. Bei Husten wirkt er schleimlösend und ein Zwerg hat mir verraten, dass er ihn als Brechmittel benützt. Hm.

Zu guter Letzt: ist der Mond ganz einfach ein wunderschöner Anblick, egal ob als dicker Ballon oder als sicheliges Licht am Nachthimmel!